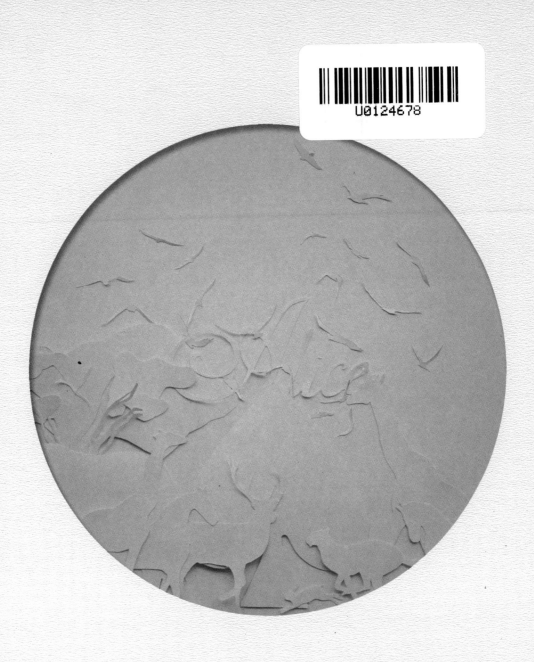

Alice 3 Who Killed Cock Robin

MiMZii Work Party , Mar.2008

世纪文景

北京世纪文景文化传播有限公司 出品

世纪出版集团 上海人民出版社

ALICE 全国热销向导 *

* 信息截止至 2008 年 3 月

《爱丽丝 4 千阳》预购进行中。

即日起至 2008 年 4 月 25 日，在易文网 http://www.ewen.cc/alice4/ 订购《爱丽丝 4 千阳》均免除邮费。

待书上市后，易文网将第一时间为预购的读者送上新书。

吉林省	长春	明天书店	长春市朝阳区南昌路长春二中对面	0431-85380579
	长春	联合图书城	长春市宽城区芙蓉路36号	0431-82770115
	吉林	吉林文苑	吉林市大世界图书批发市场1区1号	0432-2561500
辽宁省	抚顺	育才书店	和平路东段47号楼6号	0413-8339016
	本溪	三味书屋	本溪市平山区东明路	0414-2829121
	鞍山	鞍山广信	北四道街125号	0412-2922946
黑龙江省	七台河	翰林书店	七台河市桃山区步行街中段	0464-8279398
	大庆	明义书店	萨尔图区会战大街10号	0459-5816637
	齐齐哈尔	国学书店	齐齐哈尔市铁锋区龙华路建设大8号楼2门	0452-2144052
	佳木斯	长城书店	佳木斯市中山街52号	0454-8615167
	哈尔滨	教化书屋	松花江街副102-10号	0451-86243178
天津市	天津	天津大雅	天津市南开区双峰道图书批发市场50号	022-27694499
山西省	太原	席殊书店	解放路222号	0351-3524083
	大同	希望图书广场	大同市同煤文化活动中心院内	0352-7012989
河北省	保定	新世纪图书中心	保定市永华南大街商业大厦南行50米路西	0312-2021900
内蒙古	呼和浩特	华源书店	呼和浩特市新城区邮校北巷内蒙古图书批发市场	0471-6924208
河南省	郑州	郑州市新华书店	郑州市西太康路19号	0371-66288771
山东省	青岛	青岛新华书店有限责任公司	青岛市香港中路67号	0531-83767002
	济南	济南阳光书店	济南市马鞍山路46号文化市场	0531-82707489
	济南	济南东方学林书店	济南市马鞍山路46号文化市场内303-305号	0531-86012095
	济南	泉城书城	济南市泉城路185号	0531-86013106
	济南	东图书店	济南市经四路269号	0531-69193069
陕西省	西安	陕西嘉汇汉唐图书发行有限责任公司	西安长安中路111号	029-85361642
甘肃省	兰州	甘肃纸中城邦书业有限公司	兰州市城关区东岗西路462号	0931-8829251
青海省	青海	西宁三田书城有限责任公司	青海省西宁市南大街11号	0971-8221188
宁夏自治区	宁夏	宁夏银川市新华书店	宁夏银川市解放西街209号	0951-5018019
新疆自治区	乌鲁木齐	新疆乌鲁木齐市新华书店	乌鲁木齐市解放南路346号	0991-2824939
江苏省	南京	南京万博文化传播有限公司	南京中山北路105号长三角出版市场1楼56号	025-58773015
	南京	南京快乐文化传播有限公司	南京中山北路105号长三角出版市场1楼	025-83315733
安徽省	合肥	合肥新腾图书有限公司	合肥市安徽大市场七区1844-1847号	0551-4230598
上海市	上海	上海季风书店	地铁陕西南路站站厅	021-53821942
	上海	上海天地图书有限公司	永嘉路15弄9号	021-64150238
	上海	联合学术（文庙）	文庙批销中心	021-63787742
	上海	上海图书公司	上海福州路424号	021-63220386
	上海	上海书城	上海福州路280号	
浙江省	宁波	宁波中山东路新华书店	中山东路99号	0547-87246576
	杭州	博库书城	杭州天目山路38号	0571-88905418
	杭州	杭州晓风书店	杭州市体育场路580号	0571-85116671
江西省	南昌	南昌广场购书中心	八一大道102号	
	南昌	青苑书店	南昌市洪都北大道图书城	0791-8592273
湖南省	怀化	怀化东风第一枝书店	怀化火车站雪峰书市38号	0745-2177003
	郴州	郴州兴隆书社	郴州市国庆北路27号万兴市场2楼1号	0735-8887282
	吉首	湘西吉首 湘吉图书城	吉首市人民北路66号	13517430258
	常德	常德 三味书屋	常德市神州南路1号	0736-7266696
云南省	昆明	昆明新知（东城区）图书城	昆明新知人民东路63号（好又多商场3楼）	0871-3390318

	昆明	昆明新知图书城批销中心	昆明新闻路348号图书批发市场4楼	0871-4107277
贵州省	贵阳	贵阳西西弗城文店	贵阳市延安东路8号贵盐大厦西西弗城文新地2-3层	0851-5605900
	贵阳	贵阳西西弗中山店	贵阳市中山西路38号	0851-5286278
	贵阳	贵阳西西弗延中店	贵阳市延安中路81号鑫海大厦负一层	0851-6580095
	凯里	凯里致远书店	贵州省凯里市文化北路22号	0855-3831142
	都匀	都匀学府书店	贵州省都匀市小十字邮政2楼	0854-8257005
广西省	南宁	南宁市宏帆书店	新民路文化市场1楼	0771-2627600
	玉林	玉林方圆书店	玉林市批发市场2楼	0775-2805817
	柳州	柳州新悦书社	柳州批发市场2楼	0772-3112271
湖北省	荆州	沙市云帆书店	荆州市沙市区新门路图书城46号	0716-8117989
	十堰	十堰市钟书社	十堰市朝阳中路55号	0719-8671250
	宜昌	宜昌大禹书店	湖北宜昌市解放路7号	0717-8537968
四川省	南充	南充文汇书楼	涪江南路,南高正对面	0217-2227281
	乐山	乐山新鑫书城	乐山市人民南路162号	0833-2155692
	成都	成都购书中心	成都市武后祠大街266号	028-85535882
	岳池	岳池阶梯书屋	岳池环城东路44号	0826-5232589
	泸州	泸州自强书店	泸州市澄溪口二中旁	0830-2286043
	德阳	什邡鑫森书店	平江东路38号	0838-8220169
	宜宾	珙县全鑫书店	街心花园	0831-4013056
	雅安	雅安新源书城	雅安市华兴街169号2楼	0835-2227751
	大邑	大邑博学书城	大邑县南街480号	028-88292222
	宜宾	宜宾席殊书店	宜宾市商业街15号	0831-5160518
	雅安	雅安博学购书中心	人民南路10号	0835-5866888
	温江	温江开元大书坊	东大街12号	0577-82727604
	广元	广元读书时间	广元市公园街34号	0839-5513729
	广元	广元翰文书店	广元市南街永龙大厦0幢	0839-3227227
	自贡	自贡金钥匙书店	自流井区中华路量贩广场2楼7-12号	0813-2400764
重庆市	重庆	重庆书城	重庆市邹蓉路121号	023-63716344
广东省	韶关	韶关购书中心	广东省韶关市和平路88-132号粤海大厦	0751-34284284
	东莞	东莞永正中心	东莞市莞城运河东一路183号金贸中心大厦B座19楼	0769-22243017
	阳江	阳江市百惠图书有限公司	阳江市东风一路雨田锣湾广场负一层	0662-3287311
	珠海	珠海文华书城	珠海市拱北迎宾南路1013号国际大厦负一层	0756-8119415
	中山	中山博雅艺术有限公司	中山市兴中道6号假日广场南塔2-3楼	0760-8853885
	汕头	汕头三联商务文化中心	汕头市长平路105号1-2楼	0754-8165365
	江门	清华书城(江门)	广东省江门市新会区会城知政中路7号	0750-6609718
	台山	台山新宁书店	台山市台城镇台西路220号(商业城负层)	0750-5523156
	茂名	茂名旌旗席殊书屋	广东省茂名市油城四路朝明湖商4楼图书专柜	0668-2878900
	揭阳	揭阳芝友书店	揭阳市东山区黄岐山大道中段	0663-8237285
	肇庆	肇庆阳光书社	肇庆市和平路十号首层	0758-2310532
	增城	增城树人书店	增城市荔城街西园路(原增城中学正门右侧)	020-82733210
	广州	番禺博览书店	广州市番禺区大石洛溪新城如意中心2楼	020-33964739
	广州	统智文化用品有限公司	广州地铁一二号线	020-83351567
	广州	广东学而优书店-新港店	广州市新港西路93号	020-89023813
	广州	广东学而优书店-岗顶店	广州市天河区中山大道石牌东二街2号	020-87514130
	惠州	惠州市育才图书有限公司	惠州市麦地路2号(教育局侧)	0752-2260613
	新会	新会艺海书店	新会市仁寿路	0750-6662083
	海口	海口购书中心	海口市解放西路10号	0898-66112599
	广州	广州购书中心	广州天河路123号	020-38868509
	深圳	深圳书城罗湖城	罗湖区深南东路5033号	0755-82073030
	深圳	深圳书城南山城	南山区南油大道	0755-86122001
	深圳	深圳书城中心城	深圳市福田区福中一路	0755-82461141

March + April

MON	TUE	WED	THU	FRI	SAT	SUN
					1	2
3	4	5	6 惊蛰	7	8 妇女	9 二月初二 母亲河
10	11	12 植树	13	14 白色情人	15	16
17	18	19	20 春分	21 森林 睡眠	22 水	23 气象
24	25	26	27	28	29	30
31	1 愚人	2	3 寒食	4 清明	5	6
7 卫生	8	9	10	11	12	13
14	15 非洲自由	16	17	18	19	20 谷雨
21	22	23 读书	24	25	26 知识产权	27
28	29	30				

MiMZii Calendar | 记事月历卡 MAR & APR . 2008
Illustrated by LALA | MiMZii Work Party

少年之死

ILLUSTRATED BY 12

在黑暗中行走的人看见了大光，住在死荫之地的人有光照耀。

你加增他们的喜乐，他们在你面前欢喜，
好像收割的欢喜，像分人掳物那样的快乐。

他们所负的重轭和肩头上的杖，以及欺压他们的棍，
都已被你折断。
战士在乱杀之间所穿戴的盔甲，并那滚在血中的衣服，
都必作为燃料。

因有一婴孩为我们而生，有一子赐给我们。

♠A

耶路撒冷

奥岚纪

【壹】重逢

"开什么玩笑，再过半小时就要开播了，临时换被采访对象我可不能保证节目质量。"

"拜托了丁葵，你是综艺节目王牌主持人，一定可以搞定的！"

"换了谁？"

"峤阳。新近大热的现代舞舞者。这是她的履历介绍和提问目录。拜托，拜托……"

丁葵让化妆师暂停描眉，接过制作人递来资料的手禁不住微微颤抖。峤阳，女，1983 年生，毕业于中央舞蹈艺术学院。已领演多部大型现代舞剧……资料右上角有照片。剃光发丝露出形状完美的头颅，瘦的颧骨，微薄紧抿的唇。兽一般妩媚中隐藏着锐利的眼神。

心脏剧烈震跳如同太鼓擂动。

丁葵抬起头，明亮的化妆镜中正映射着自己身后那张艳光四射的脸。虽然和记忆中有很大不同……峤阳微笑着俯下身，手臂环绕在丁葵颈中，轻轻亲吻她面颊："好久不见啦，葵。"

丁葵抬起手轻触到峤阳深陷在黑绒羽毛领下的凛冽锁骨。嘴角带笑，微茫的眼中含泪："10 年了。你这个混蛋。你居然真的做到了。如果盛耀和微澜知道的话……"

一旁的制作人吃惊地张圆了嘴："你们认识吗？葵！原来你早认识峤阳！"

——对，很早，早在 10 年之前。不过那时候，峤阳在学生履历表上填写的性别还是"男"。

【贰】峤阳

1997 年春末夏初，我 15 岁，我的名字是峤阳。

到底是从什么时候起，开始知道自己和别人不一样的呢？我已经不记得了。只知道这个秘密是我们全家的噩梦，它重重悬挂在我胸口，好像一只毒瘤，吞噬能量，变得越来越庞大。

我的胸连夜胀痛。痛得我不敢碰触。恐惧令人失眠。我无比绝望地感到，我就快要守不住这个秘密了。我惊惶失措，心神俱疲。

上帝为什么要制造我这样的怪物？我恨上帝。

"好了同学们，换好泳衣泳裤在泳池边集合。"

今年第一堂游泳课。新修缮的体育馆正式开放。男生朝女生发出莫名其妙的起哄怪叫声，彼此推搡笑闹着鱼贯进入更衣室。

排在队伍最末的我抓紧胸前的斜背书包带，咬紧嘴唇，低头朝体育馆外走。

"峤阳！你干什么？"体育老师熊桑大喝道："还不快进去换衣服？"

"我……"我还没来得及编出个肚子疼之类的谎言来搪塞，熊桑已经张开蒲扇般的大巴掌捏住我纤细的脖颈把我丢进更衣室。微微水汽中，满房间都是全裸半裸的少年。

几个套上泳裤的家伙兴冲冲地高举双手朝淋浴室作冲锋状奔去。大林、二林两个家伙还光着屁股，不怀好意地上前来一左一右架我："你小子衣冠楚楚的干吗？快脱！"

他们笑着上前，动手剥我的衣服裤子。平时开玩笑是经常有的。但今天我却要哭出来了。我发了狠劲把二林推得撞在储物柜门上，发出巨响，储物柜剧烈摇晃。一旁的大林又诧异又惊怒，探手"哗"地一声撕破我的衬衫，纽扣像断线的珍珠蹦跳四散在地。同时撕破的，还有我紧紧绑在胸前的白色布带。

布带如同蛇的蜕皮苍白地滑落在潮湿的瓷砖地面上。

更衣室里的男生们都吃惊地望着我隆起的胸部。

"靠——！峤阳是个小妞！"

"峤阳长女人的奶了！"

我浑身冰冷，骨骼阵阵震颤。父母的噩梦、15年来严守的秘密、胸腔内不断生长的巨大的毒瘤……一切的一切都赤裸裸地曝露在空气之中……再也无法隐瞒了。

从诞生之初，精子与卵子相结合的那一刻起，染色体的畸变就注定，我是个双性人。

峤阳，是个不男不女的怪物。

【叁】微澜

1997 年春末夏初，我 15 岁，我的名字是滕微澜。

死海微澜。也许就是用来形容我这样的笑容的吧。我一直这样以为。

就这样微微笑。附和着大家的言谈，隐藏起自己的喜爱和厌恶，听父母话、听老师话、对同学的意见全都表示赞同。这样的话，就不会被讨厌了吧。像空气一样存在，透明、纯净、仿若无物。

保持距离，不投入感情，也就不会被伤害。

但也许这样，还是避免不了伤害。

"滕微澜，下来嘛，就一会儿。"

我握着电话筒，为难地斜睨一眼坐在沙发上沉着脸看报纸的父亲。母亲已经在厨房里摆碗筷了："吃饭了。电话怎么打这么长时间？打进还是打出的？要不要钱啊？"

"明天你生日，特地准备了礼物给你送来。我还饿着肚子呢。"徐剑的话语声不满地响起来了。我赶紧捂住听筒怕被爸爸听见。

拿过徐剑送的礼物，我慢慢走上楼梯，一路上踌躇着准备好说辞。

"你是去取报纸的吗？这是什么？"父亲站在门口盯着我手里漂亮的包装盒。

"生日礼物。女同学刚跑来送的。"

"你以为我是瞎子？刚才骑着自行车走掉的明明是个男的！"

"小声点，邻居都听见了……"母亲拼命把父亲往屋里拖。

"不争气的丫头，我和你妈四十多岁上才生了你……不好好念书，成绩也上不去，还搞早恋！我可警告你，敢和那小子搞不清楚的话打断你的腿！"礼物被父亲一把夺过去，丢在地上踩得扭曲变形。玻璃碎裂的声音。来不及看清它破碎前完整的形状。

年老性子暴躁的父亲、要面子而节俭的母亲。他们生下我惟一的目的就是逼迫我读书出人头地实现他们没有实现的梦想吗？我降生在这世界上惟一的功用就是背 ABCD 算三角函数满口之乎者也吗？我必须要忍受那些愚蠢无比的老师仅仅通过考题来评判我作为人的价值吗？——

我不想解释。我根本不会早恋。我讨厌男生、也不喜欢女生。我厌倦了人这种东西。

但我只是微微笑。不会有人给我机会，我也绝不会把心里话告诉任何人。

就算谁再对我掏心掏肺，我也绝不流露自己的性情。

虽然有时候，我也十分羡慕那种火一样勇往直前的热情，肆无忌惮地燃烧，哪怕只是刹那烟云。——比如丁葵。

【肆】丁葵

滕微澜是我最好的朋友。我是丁葵，1997年春末夏初，我15岁。

很多人不理解微澜为什么会和我成为好朋友。因为我们完全是两个世界的人。

微澜永远是马尾辫；而我呢，哈！哪怕老师要告状，也坚持挑染并不断翻新发型。

微澜永远是素白的脸；而我坚持化妆上学，还打耳洞，甚至在后腰用荆棘缠绕的繁复图案刺了青，DS. 我爱人名字的缩写。

微澜虽然学习成绩中等，但她是老师父母喜欢的乖乖牌女生，温文尔雅，永远不惊不怒；而我，是抽烟喝酒和小混混泡吧夜不归宿早熟的问题少女。

没有人会来管我晚上在哪里睡觉。父母在我6岁时离婚了，我被判给做建材生意的父亲，他经常不在家。我倒盼望他不要回家。因为他一回家就带来各种各样风骚的女人。

所以我对微澜说："我找到了爱，就绝不放手。爱，就是我惟一的食物。"

而微澜总是静静地听着，随后轻言抚慰。她对我的秘密永远守口如瓶，好像保险柜。

这个秘密就是——我深深爱恋着一个老师。

从13岁起，我就喜欢上DS。那时他还是见习英语老师，22岁，他的名字叫杜尚。年轻英俊的脸庞上总是洋溢着阳光般温暖的笑意。我总希望被他提问，哪怕我回答不出答案。

14岁秋天的一个无所事事的夜晚，我和尾牙鱼大头龙他们在街边闲逛，双手插在裤兜里，嘴角叼着烟。突然有个人急匆匆穿过马路直冲到我面前，劈手摘掉我嘴角的烟。

是杜尚。他生气的模样也这般漂亮。他眼睛里流露出痛心的神情。

我没有因此而走上正途。因为我发现，正因为我学坏，我够酷，我和其他乖乖牌不一样，杜尚才注意到我。他生气，是因为他担心。

第一次有人这样为我担心。

新学期刚开始的一个春夜，玉兰花开得肆无忌惮。我和一个男生在学校附近的公共汽车站头接吻，被结束辅导的杜尚撞到。他赶走了那个男生，甩了我一个巴掌。随后捉着我的臂膀，送我回家。我的面颊很热，但不是因为被打的缘故。他举起手的架势很足，但落下时却轻地好像羽毛抚慰。

我面红耳热，是因为太兴奋。

出租车里，我假装昏昏沉沉，把头靠在他的肩膀上，嗅着他身上干燥清爽的气味。

我是掐准时间约那个男孩到站头去的。我想再看到他为我担心为我愤怒的表情。很有热度，好像光。

我要他一直一直地担心牵挂着我。如果他一直一直地担心牵挂着我——那就像是爱。

这种想法让我觉得温暖而美好，好像漂浮在云端被阳光持久照耀，胸膛越来越热，光芒越来越强。被爱的幸福，如同霞光万丈。

【伍】盛耀

1997年春末夏初，我15岁，我的名字是盛耀。

从初二下半学期开始，每天清晨，我都要提前十五分钟出门，骑着自行车绕道到白泽路。

因为每天这个时候，我喜欢的女孩子就会从这里步行路过。她的名字叫滕微澜。我装作刚好碰上的样子，放慢速度和她说上几句话，看着她跳跃的鸟一般的步伐，马尾辫甩啊甩，嘴角微微上翘，就能让我高兴上一整天。

一次我骑车到半路上突然下起雨来，白泽路上濛濛茫茫地模糊成一片。我把车推到路边小店屋檐底下，不一会儿看到远处微澜撑着一把淡蓝色雨伞走来。她踢着水花走到我面前，微笑着说："没带伞？一起走吧。"

雨滴落在伞面上发出清脆悦耳的响声，我们并肩而行，没有说一句话。在伞下，我感觉这世界只有我们两个人。在那一刻，微澜完全是属于我的。

她就要过生日了，我精心挑选了一台两只天鹅曲颈依偎的水晶八音盒，盛放在深蓝色卡纸制的盒子里，盒子里还有一张粉色的生日贺卡。

我后悔的是，不该在上游泳课时，忘记把礼物从书包里拿出来而一起带进了更衣室。因为就在这一天，我们班爆发出惊人的一幕。嵥阳和大林二林在更衣室里打闹，一向好脾气的嵥阳不知怎么地发起了愣劲儿，重重把二林推得撞到储物柜门上，我的书包也被带出来跌落在地。

嵥阳的裤子被剥了一半，上身光光。脚边是一圈圈蜷曲成死蛇状的白色布条。男生们都吃惊地望着他隆起的宛若少女一样的胸部。嵥阳的脸色，完全可以用面如死灰来形容。

我走过去从柜子里抽出自己的衣服披在他身上，转身捡起书包。

水晶天鹅的脖子已经摔断了。

我追悔莫及。后来听说，徐剑在这天送了礼物给微澜。

【陆】刺痛

嵥阳连续三天没来上课。第四天，他在父亲的陪同或者说是"押送"下来到学校。还有3个月就要中考了，此刻无论是转学还是独自闹情绪都是非理性的。

嵥阳进入教室时，一切声音和活动都静止了。他如同独幕剧舞台上一个孤独苍白的幽灵，飘入自己的座位埋头坐下，佝偻着背，一动不动。

五秒钟后，教室里才重新恢复了生气，大家继续聊天、扯淡、笑闹。但没有人和嵥阳搭讪。没有人知道应该如何开口。好奇而八卦的女生偷偷向男生询问着："真的有看到吗？"

有人说："好奇怪啊。就像泰国人妖那一类的……"

"他会不会是希望自己变成女生而去做手术弄的？"

"啊——那以后长得帅的男生也要离他远点啊，说不定被喜欢上，哈哈……"

他们以为自己说得够小声。他们以为只是随口说说的玩笑。但每一个字，都像飞针一样刺入嵥阳的耳膜。嵥阳把嘴唇咬出血，指甲深深掐入自己的掌心，刻出八个红色月牙印。

这还不算什么。

不能喝水。哪怕口渴得嗓子要冒出烟来。一口水也不能喝。因为喝了水就要上厕所。该上哪个厕所呢？嵥阳只有憋到中午吃饭和下午放学时，才冲出校门去上街对面的收费简易厕所。每天上午熬 4 个小时，下午 3 个半小时。

不幸的是偏偏就吃坏了肚子。

峤阳皱着眉头按着肚子，犹豫了一会低头朝男厕所冲进去。被别班的两个混混样男生拦住："呦呦呦，这是谁啊？不是传说中的峤小姐吗？这可是男厕所。你应该去隔壁吧？"

他们连拖带拽把峤阳推进女厕所，峤阳脸冲下摔倒在地。女生爆发出尖锐的喊叫和大骂。

"变态！"

"神经病吧？快滚出去！"

"臭流氓！"

……

真的很臭。已经憋不住拉出来了。

【柒】苦路

夕阳西斜，天空里悬浮着南方夏季特有的火烧云，形状各异，色彩瑰丽多姿。校园里安静极了。只有风吹动树叶发出的飒飒声。

七层楼高的教学楼顶楼的巨大露台。峤阳背靠水箱坐在地上。一个穿着白裙的女生走上露台，是滕微澜。她四下观望，似乎在找什么人。她看到了峤阳，举步朝他走去。

"还不回家？"

"马上……"峤阳曲起膝盖，把额头抵在自己的手臂上。

"刚才……有人来过吗？"微澜疑惑地掠了一眼峤阳穿的那条明显不合身的长裤，问道。

"没有。"

"噢。"微澜垂下眼帘，看不清她脸上的表情。她转身要离去，想想又走回来，蹲在峤阳跟前："前天上地理课了。"

"……"

"耶路撒冷，你知道么？以色列和巴勒斯坦都宣布耶路撒冷是自己国家的首都。"

"……"

"那里是犹太教、基督教和伊斯兰教共同的圣地。《圣经》记载，耶稣被犹大出卖后被捕，罗马士兵逼迫他为自己打造了沉重的十字架，给他穿上破旧腥腥的深红袍子，带上荆棘编的皇冠，鞭打他、戏弄他……随后把他带去郊外，钉上十字架，直至他死亡。"

"……说这些干吗？……我恨上帝。"

"耶稣在临死前也说过类似的话，大意是，上帝，上帝，我的父，你为何要遗弃我？……在被钉死之前，耶稣背负着十字架从耶路撒冷城里穿过。他被自己的门徒出卖，最爱的弟子在天亮前三次装作不认识他。他曾经救助过的，曾经信服他的人都在围观看热闹……那条路，现在还在。就在耶路撒冷城里贯穿而过。名字叫做'苦路'。"

"苦路？"

"是的。苦路。在死亡和复活之前，耶稣必须要通过的路。他是神之子。与众不同的人。"

说完这些，滕微澜就站直身子转身离去了。

望着她的背影，崤阳紧紧攥着自己的裤腿，泪流满面。在被议论嘲讽欺负伤害时都不会流下的泪，当有人安慰时，就这样轻易地滑落下来了。

他刚才说了谎。就在十分钟前，另一个人带着难以掩饰的失望神情离开露台。现在崤阳才知道他原来是在等人。盛耀，他和滕微澜约好在露台上见面。

但是误差了十分钟。

有时候，人生连一秒钟都不能误差。差一秒钟，说不定就会失去爱情、健康、甚至生命。就像半小时前，如果盛耀晚一秒钟走上露台，他就赶不及扑过去抱住崤阳的腰，把他从栏杆边缘拖下来。

别死。这个世界上总有人在乎你。

【捌】蛇舞

日落月升，夜色四合，迷离的灯光闪烁，夜晚的都市看起来和白天很不一样。

现在让我们把目光转向城市另一个角落。以酒吧、PUB而闻名的光华路上，著名的阴阳吧内，颓靡的电子音乐在轰鸣、派对动物在舞池中摇摆甩头、烟雾缭绕、龙舌兰酒正溅出苦涩的微沫……空气中充满着原始冲动的气味，这是繁华都市的腹部，妖冶糜烂的前沿。

丁葵左手夹烟，右手提着小瓶黑啤酒。穿着红得像滴出血来的紧身小 T 恤，胸前印着一只黑色燕尾蝶，展开翅膀，呼之欲出。牛仔小热裤下两条修长白皙的腿随着摇滚节奏交合扭动。

她的脸如同微醺的蔷薇，长长睫毛好像昆虫脆弱美丽的触须，浓妆掩盖了年龄。

一个浑身毛茸茸的金发老外眯着笑眼打量着她。几个十八九岁的年轻中国少年也注意到她，边跳舞，边蹭到她身旁。打头的一个戴着骷髅耳环，笑着说"嗨，靓女……一个人？"

丁葵感觉自己正身处一片远古丛莽。身边全是扭曲的树木、缠绕的藤蔓、阴暗的苔藓。爱丽丝没有了兔子。这里只有妖术没有魔法。蛇正吐出鲜红的信子……但很刺激，不是吗？

"……什么爸爸？我没有爸爸，也没有妈妈……"

"啊不要拿走，我还要喝一口……少爷，再来二十瓶……"

"不要，我不要回家！……冷冰冰的，好像殡仪馆……死人，全都是死人！墙上，水槽里……"

骷髅耳环试探着把手放到她的肩膀上，再一路摸到她的面颊，她没有反抗，嘻嘻哈哈笑着把头磕到桌面上。丁葵完全醉了。那几个少年怀着鬼祟的表情扶着她走出阴阳吧大门。

昏黄路灯光投射下，法国泡桐树婆娑的影子在石墙上晃动。深夜11点，行人车辆稀少。路边一条堆满了垃圾杂物漆黑的小夹弄里，少年们把丁葵按在墙角手忙脚乱地脱她衣服裤子，抚摩舔吸她的胸。赤裸的身体被凉风一吹，丁葵感到了冷。她恍惚的意识回来了一部分："……你们干吗？"

骷髅耳环一手紧紧扪住她的嘴，压低声音威吓道："别叫，就一会儿……"

恐惧像潮水般瞬息涌上女孩的心头，她拼命扭动身体，踢腿挥臂，发出沉闷的"呜呜"声。她踢倒了旁边的一个纸箱子，什么东西倒下来发出唏哩哗啦的响声。

一个骑着摩托的年轻男子在夹弄口停下，他听到了异动。刚刚好是拜访朋友后打算回家的杜尚。

【玖】秘密

丁葵家竟然是如此模样。杜尚叹息着。市中心最昂贵的小区国香牡丹苑。外观精致的别墅房。但屋内装修却极为潦草简单，杂物四处堆放，门口边的地上甚至还堆着十几块莫名其妙的青色大砖块。

杜尚把丁葵横抱进卧室，放到她床上。丁葵却还紧紧搂着他的脖子不肯松手。

"丁葵，不要闹了，老师要回家了。"

怀里的女孩发出难以抑制的啜泣声，哽咽着说不出话来，如同一只预知将被遗弃的小猫。

"好好，我先不走，我坐在这里陪你一会儿。你爸爸呢？你这房间还真够乱的啊——"

女孩缓缓松开手，静静地平躺，光裸的身上还盖着杜尚的夹克，一动不动。杜尚坐在床沿边。晶莹月光下，他看见她脸上的泪痕像划过天际的流星，闪烁着寒冷的银光。

"……学校里，所有的老师都说你无可救药，完全毁了。小学四年级就学起抽烟，六年级就和阿飞混在一起……大家说，这孩子天性如此。但我看你的眼睛时，发现你其实很天真，和那些十几岁的乖女孩没有两样。而且，你抽烟的姿势饱含寂寞……"

"……今天早上……听到丁国栋和胡翠蓝在通长途电话……"

"你爸爸和妈妈？"

"丁国栋说，他要结婚了，那个女人不要拖油瓶，要即刻把我送到胡翠蓝那里去。广州。"女孩的声音像冰，冷酷沧桑得像个老女人，如同在叙说一件同自己无关的事情："胡翠蓝骂了一连串脏话。她早结婚了，儿子才4岁。她的幸福三口之家容不得我插足。"

"不久就要中考了。我去找你父亲谈谈！"杜尚话语的调子里有些愤怒。

"老师——杜老师我哪里都不想去。"丁葵坐起身。她心里想的是，我不想去看不到你的地方。

杜尚凝视着女孩挂着残妆的稚嫩的脸，燃烧的欲望让她看起来像一朵开放在午夜的灼灼葵花。女孩突然张开手臂，夹克滑落下来，她赤裸的胸膛如同一羽洁白的鸽子。

丁葵抱住杜尚。

"老师，我告诉你一个秘密。我爱你。从13岁到现在直到永远……我一直都爱着你。"

"丁葵！丁葵！你喝醉了！我是你老师！"杜尚想推开女孩。

"我醉过。可我已经醒了。我不是想让你同情我。我不需要怜悯。"女孩的眼睛在阴影中闪耀，灿若星辰："杜尚，我只想问你，你有没有一点点爱我？只要一点点，一点点就足够了！"

她的胸已经发育得十分完美，有流向手心的水滴的形状。

【拾】对峙

滕微澜不解地望着兴奋到小脸通红的丁葵。她眼眶下挂着熊猫样的黑眼圈，而黑亮的瞳仁里闪动着熠熠火焰，好像两颗燃烧的炭石。丁葵的目光始终追随着讲台上的杜尚，半秒钟也不肯松开。

杜尚不敢和她的视线相交接。这女孩太烫人了。

回想起昨天夜里的一幕，杜尚的脸也不由变得绯红。

凌晨 2 点，杜尚满怀着无地自容的心情从床上爬下来，草草套上短裤。女孩伸出滚烫而汗湿的手抓住他的手腕。杜尚低声说："我不走，去厕所。"

厕所惨白的灯光下，杜尚用冷水冲洗脑门。盥洗台边放着包七星烟，还有打火机。他一屁股坐在马桶盖子上，哆嗦着抽出一根烟点上。微蓝的烟雾立刻呛出了他的眼泪。大学毕业后就没再碰过的东西。

我一定是疯了，他痛苦地想。竟然疯到跟那么小的女孩子上床。而且还是我的学生！疯了，一定是疯了。他转头凝视着镜子里自己那张滴着水的英俊的脸，低声痛骂道："畜生……你真是畜生！"

厕所门被推开，丁葵披着他的衬衫出现在门口。和他痛苦的表情相对映的是她艳若桃花的脸庞。

她的眼睛睁得大大的，布满了婴儿蓝的雾霭。她跪倒在他面前的瓷砖地面上，把头放在他的膝盖上，猫一般来回地蹭，轻轻地哼唱着歌："……举杯对月情似天……问君何时恋？菊花台倒影明月，谁知吾爱心中寒……醉在君王怀，梦回大唐爱……"

杜尚把她拉起来，抱坐在自己腿上，亲吻她的额头、眉毛、眼睛。

她眼睛里的蓝色覆盖了世界，好像无边苍穹，深处一点光轰然炸裂开，星辰碎成粉末……这种撕心裂肺的感觉究竟是怎么回事？为什么心里难过得火一样烧？却又那样快活，四肢百骸、整个胸腔都欢喜得仿佛要炸开似的。真想把她揉碎，一片片咀嚼下去，吞进肚子里。

流泪亲吻的两个人没有发现，厕所门口一个高大魁梧的中年男人正冷冷注视着他们。

杜尚抬起头，惊恐地差点跌坐到地上。丁葵也扭头望着那男人。

三个人沉默对峙了足足有一分钟。

男人摸了摸自己的鼻子，咳嗽了一声，朝盥洗盆里吐出一口浓痰，用异常沙哑的声音说："滚自己房间里搞去。"

直到上课时，杜尚的脑海里还在回响这一句话。真令人难以置信这是从一个父亲口中说出来的话。

滚自己房间里搞去。

比浓痰更令人恶心。

畜生。发疯的畜生！……………………………………我，也一样。

【拾壹】青涩

琥珀色斜阳把那些破旧不堪的厂房、小商铺映照得充满了颓败荒茫的美感。白色裙边"啪啪"地拍打女孩光洁的小腿。风吹乱发丝，微澜松开了绳圈，让一头乌黑的秀发迎着风随意飞扬。

自行车清脆的铃声从身后由远至近传来。

15岁的少年，衬衫和面孔都漂亮洁白如同新雪。盛耀。他没有下车，但把车速放到最慢，迁就着女孩鸟一般跳跃的步伐。微微眯起眼望着金色夕阳，问道："昨天，为什么没有去露台？"

"忘记了。"女孩淡淡地答道。

少年笑着点点头，嘴角边浮起一对好看的酒窝："哈哈，我也刚好有事没去，我还担心你白等我了呢……先走了啊。"他调整一下斜挎着的书包带，弓起背踩着自行车飞快地驰去，纯白色的背影渐渐缩小成一个点，消失在长街尽头。

微澜停下脚步，手指捋过被逆风吹得飘起的纷乱头发，发丝含在嘴角，微微苦笑。

保持距离，不投入感情，也就不会被伤害。

微澜咬着嘴唇，闭着眼感受被斜阳拖长的天地间万物摇曳生姿的光影、发丝间的风……从漫不经心的青葱岁月里，觉出了些苦涩和苍凉。

之后的三天里，她更初次尝到了微微胀痛的酸楚意味。

在教室里，在操场上，在食堂里，在放学回家的路上……她总是不自觉地捕捉他的身影。看他笑时新月般的妙目，和其他女生对话时，他看起来更能放开怀，不像和她在一起时那么沉寂。

上学路上没有再偶遇。原本很喜欢的静静的白泽路突然间竟变得如此寂寞。

——也许，我永远都不会知道他约我去露台是要说些什么。永远都不会再知道了。

——我不想被伤害。

——但似乎，我已经被伤害了。为什么？

——为什么那么介意他的眼睛在看谁，他的笑在给谁？

女孩不会知道，三天来每天清晨，少年还是在白泽路上等她。但他扶着自行车隐身在枝繁叶茂的蔷薇花丛后，从篱笆的空隙间凝望她渐渐走近，又渐渐远去的身影。直到看不见。他才翻身上车，沉默地向学校慢慢驶去。

少年的背包里，放着他一直没能送出手的礼物。为了替代被摔坏的八音盒，他顶住妹妹的嘲笑，学会制作方法，连续好几个夜晚伏在灯下，反复试练，终于用粉红色丝带编织出的漂亮幸运环。

——她不知道。也许她永远都不会再知道。

【拾贰】月光

窗外的月光美得仿佛能夺去人的魂魄。空气中弥漫着茉莉花的清新味道。

微澜看累了功课，关掉灯，躺在床上。从楼下的街面上传来汽车行驶的声音，隐约的自行车铃声。尾音拖得很长，有节奏地重复着，好像某种暗号。叮……叮……叮……

微澜惊觉站起身，扑到窗台边，从三楼窗口望下去，只见马路对面的人行道上，穿着白色衬衫的少年倚在梧桐树下，一下又一下地打着车铃。茉莉般美丽清新的少年。盛耀。朝窗台上的微澜露出满月一样的甜美微笑。

微澜拉开冰箱，唏哩哗啦地翻东西，制造出很大动静："妈，怎么蓝莓口味的汽水没有啦？……我只喝那种的……我去买一下噢！"

"这里还有一瓶，我刚从冰箱里拿出来的。"父亲把冒着"汗珠"的饮料瓶提到女儿面前。

可恶！微澜悻悻然转回自己房间，赌气把蓝莓汽水往桌上重重一放。

从窗口望出去，盛耀还是笑笑地站在树下，抱臂在胸前，远远凝望着她。微澜的脸红了。耸起肩膀做了个无法出门的手势，挥手让他走。少年却十分坚定地摇摇头，从裤袋里抽出一支口琴，在月光下吹奏起来。微澜又是吃惊又是好笑，拼命朝他做着"STOP"的手势，盛耀却是不理，继续投入地演奏着。

十分悠扬的曲调，是《哈罗棱娜》。微澜无法阻止街对面那个傻子的表演，只能闭上眼倾听他的独奏，合着曲调低声吟唱。

"你可记得那淙淙流出的二泉映月？如泣如诉，如思如慕。一轮弯月，两剪倒影。泉水消失在哈罗棱娜森林的幽静深处，没有萤火指路便不能去寻找源头。泉水的名字叫蝴蝶，蝴蝶的名字叫哈罗棱娜，哈罗棱娜是我心爱的姑娘，她就沉睡在泉水下。已经一百七十七年零十一个月。在我活着的六十六年，每晚抱着马头琴在泉边为她吟唱，在我死后的一百一十一年，灵魂也夜夜归来在泉边呼唤。哈罗棱娜啊，哈罗棱娜，我最心爱的姑娘……"

月光撒满窗台，路面反射着晶莹剔透如积雪般的光。路人朝少年投去好奇的眼光。少年不为所动，少年的眼睛始终离不开窗台上的女孩，看不到其余的人。口琴吹奏出的旋律乘风飞行，仿佛具有了生命和形体，蝴蝶一样翩翩飞舞在水色月光下……

同样的月光下。

市中心地带的某个绿地公园里，幽静的竹林小道上，丁葵正紧紧扭着杜尚胸前的衣服，一次又一次地想扑进他的怀里。杜尚皱着眉头，一次又一次地推开她，按住她的肩膀，揣严肃的表情和她说理。

丁葵不管不顾，幼兽一般拗执地硬朝他怀里撞，伸长手臂挂在杜尚的脖颈里。她不说话，眼泪大颗大颗地滴落到他衣襟上。

打架一样僵持了许久，无力的杜尚妥协了。他紧紧抱拥怀里15岁的女孩，低头亲吻她的头发。

丁葵的腮帮子上还挂着亮晶晶的泪，嘴角却弯弯向上翘了。

月光美得让人无法设防，所有关于爱和痛的记忆都无法隐藏。凄凉月光让人疯狂，明知是绝路也会奋不顾身地去闯。飞蝶扑火一样。

与君醉笑三千场，不诉离伤。

同样的月光，撒满了城市里另一户家庭的窗台。

屋子里，峤武航抡圆了臂膀抽了儿子峤阳一个耳光，随后自己被气得怔在原地，动弹不得。

峤阳妈妈刘美凤心疼地捧住儿子的脸，泪水决了堤似的滚落下来："儿，我苦命的儿，你听听爸妈的吧，你干吗非要这样？……"

峤阳轻轻抹掉嘴角的血，静静地说："我决定了。我要去动手术。我要成为女孩。"

♠A

未完待续

PARADISE BIRD

DESIGN BY LALA SCRIPT BY 夏无桀

欲望的霓虹是唇齿之间的雷电　像一场暗藏祸心的瑰丽谎言　你曾拥有过这个世界

媚妒的泅翼埋葬了人心　让肌肤再也不能感知　尖锐　胃节　刺痛　幻觉

一切

化作山岚的厄运之神　冻结了漂浮在半空的云层　倒映于海面的火焰　只剩一束光线的时间
死亡守走了灵魂的空洞　忘川的主人喘息着施展魔法　恐惧正妖娆地绽放

奔跑的飞鸟让凝视冻结　看不见的门扉悄悄侧展　是谁代替撒旦亲吻了我

戏谑的小丑　卑微的花蕊　妄想的复仇

是我　是我

是我

♠A

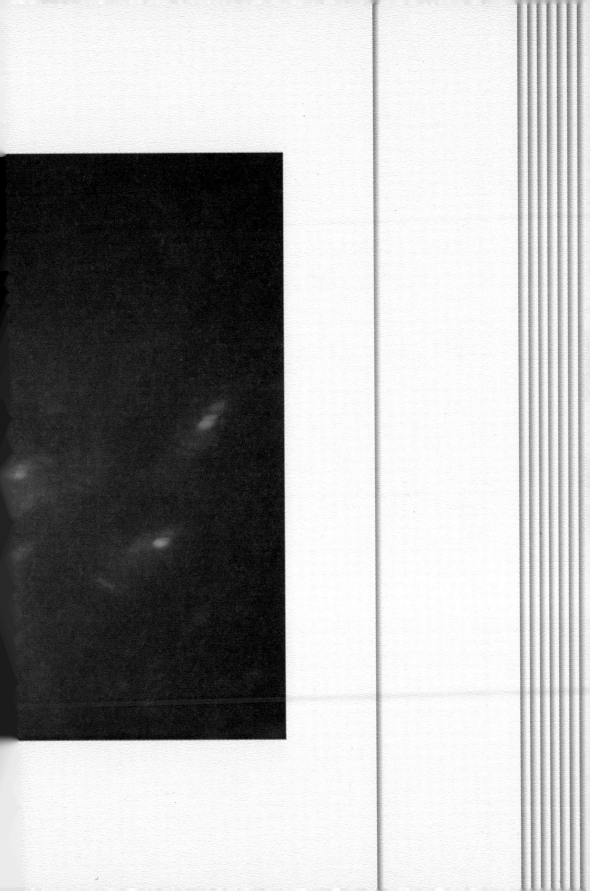

I land

hansey

1 希诺

这片内陆沙漠中的绿洲名叫希诺，这片看似没有人迹的原始森林与无尽的黄沙之间仅仅相隔着一些枯萎的灌木。二十年多年前，一支庞大的商队在沙漠的迷途中发现这片森林，便决定放弃使命，依赖这里的水和浆果以及随身剩下的物资生存，在森林北部的湖边定居下来。许多年来，我所在的族群在这个与世隔绝的独立生态中繁衍生息，在每年都需要重新加固的帐篷中生养后代。我们珍惜这片森林，在最初伐木搭建帐篷以后，便再没有碰过这片森林的草木，就连耕种也被局限在非常有限的范围之内。

我爸爸讲，绿洲本来是没有名字的，十年前一场罕见的暴雨引发了可怕的虫灾。我爸爸驯养的那只名叫希诺的黑尾地鸦飞离三天之后，从沙漠中引来了成群的地鸦在整个酷热的夏季不分昼夜地捕食昆虫，最终结束了这场天灾。

尽管如此，森林仍旧遭受重创，本就有限的庄稼被尽数摧毁。在依赖浆果和野生的菌类过活的大半年里，人们仍旧不肯改变二十余年的素食传统，不愿意杀掉曾经挽救过族人生命的骆驼和森林中原有的野生动物。大家把食物节省出来让给孤老和病孕，没有人在这场天灾中饿死。

人们庆幸余生，为了感谢我爸爸驯养的这只鸟，便从那时起把绿洲命名为希诺，并把第二年森林中的果树结出的最大一颗果实送给我们家。妈妈把果子给我吃，我偷偷把它喂给希诺，把果壳放在一个小布袋里系在希诺的腿上。

希诺格外喜欢我，从我幼年时就一直与我形影不离，我也因此获得了比其他孩子更多的尊重和关爱。

2 栖河：问卜本身，有不可预知的危险

我们的未来会是什么样啊？

海亚把在沙漠中捡到的兽骨打磨以后刻上我的名字送给我做发簪，他说这样我及腰的长发就不会再变成和大家在森林里追跑玩耍时的累赘。

作为回报，我答应为他占卜一次。

水晶球是祖母临终前交给我的，她从小教我各种事物的所象征的启示。传授这些古怪知识的用意在那一天被她揭开谜底。我不太轻易使用可以用作感知和预知的水晶球，经常有同伴看到我随身带着装水晶球的布袋，就会央求我告知他们某件毫无意义的小事将带来的后果，通常我会撒个小谎敷衍他们，甚至有时候会敷衍成年人。

只是对于面前这个皮肤黝黑的少年，我没办法说谎，因为从小的相识让我知道他是一个不善于说谎的人，继承了他父母优秀的品格。而且他肩头那只叫做希诺的地鸦——用我祖母的话说——是一只有神性的鸟，所以我一直以来因为不愿意欺骗而拒绝为海亚占卜。

此时他正用期待的眼神看着我，让我有点紧张，指尖触碰到水晶球的地方，蒙上了淡淡的水汽。

“海亚，你会和一个我不认识的男孩子在星空下的清凉水面上漂泊。而我会在海边看到从远处地平线出现的鸟群，等待着它们的靠近。”

他不以为然，显然以为我在骗他，“你说的就是湖边吧？这里哪会有海？好吧，你喜欢那个礼物就行。我没指望你会真为我占卜一次的，我知道你不太喜欢那样做。”

我也不想与他争论，只是脑海中有确切的海水漫过我的脚踝，能听见远处莫名振奋人心的鸟鸣。

虽然我不知道那将会是在什么时候发生的事。

那天傍晚，森林里有奇怪的响动，人们听到鸟群惊起的声音。不久，前去探查的一队成年男人从森林里带回一个少年和两个少女和一头骆驼，其中一个仍有意识圆脸的少女明显受惊过度，其余两人已经昏迷过去。我被家人叫醒去观察事态，海亚家的帐篷里，圆脸少女惊恐沙哑地重复着“水”字，圆瞪着双眼，对任何响动都表现出出人意料的恐惧。“你们从什么地方来”，“如何找到这片绿洲”，“究竟发生过什么事”……她对这些问题置之不理，始终

沉浸在恐惧为她布下的无形阴影当中。

火炉忽明忽暗的光里，大家保持安静等待着我的解释。我说我能从女孩的眼睛里看到大海站起身向陆地奔跑，能看到深蓝色被黑色吞没。是一场前所未有的水灾。

沉默了很久，海亚说："那我们是不是应该尽快用木头做一艘大船？"与此同时，生平第一次，我感觉到身边大人的眼光不是先前对待他那般的关爱和慈祥，知道他触犯了大家的禁忌。气氛一下子更紧张，立即想冲上来教训他的人幸好被其他几人拉住，立在海亚肩头的希诺伸展双翅威严地对躁动的人鸣叫。当场便有人离开，一边自言自语无论如何不会听信我们这两个的鬼话。还有人发誓一定会杀掉不论各种原因而破坏森林的人。

只有海亚的母亲若有所思，拉着我的母亲无声无息地走出帐篷。而其他人尴尬地转而照顾三个陌生人，期待两个昏迷的人醒来以后不会也像圆脸少女一般神志不清……

3　方舟

"海亚。"

妈妈在天亮前将我唤醒，周围一片黑暗，静得可怕，栖河在门口小声地哭。

"孩子，我总算说服了你爸，我们两个人和栖河的父母连夜把森林最南端的一棵大树砍断，做了一条船放在湖边。那个昏迷的男孩子醒过一次，说他的家乡被洪水淹没，他的父母舍命把他们三个人送进了这片沙漠，告诉他们一直往高的地方走。他们才保住了命。不能让他父母的希望断在咱们手里，无论大水会不会到我们这里，我要你现在和小河带上那三个孩子上船，停在湖面中央。如果三天以后大水不来，我们再想办法请求大家原谅我们，救你们回来。"

我觉得事情似乎并不周全，便问，"那你们呢？"

栖河的妈妈走过来说："我们会想办法说服大家造船避难，再说灾难不一定是真的，栖河的祖母在世时也有过类似的失误。你们不分场合地触犯了那些狂热的人，还是先走比较好，不要拖累家里。"我妈妈脸上原本悲哀的表情很快就被坚定遮掩起来，"对，越快越好。这里是一些浆果和粮食，你要保管好。"

沿着大湖走到森林的南端已经是上午，森林里莫名其妙地起了大雾，反常的阴冷潮湿。栖河的爸爸看到我们便放下手里的工具抱起栖河轻轻对她说话，我的爸爸正在校正船的桅杆，

"小时候跟随商队之前从我爷爷那学来的，没想到有生之年还能派上用场。"那三个外来人和他们原本的行囊此时正在小船上，圆脸女孩平静了很多，一直轻摇昏迷中的少女的肩膀。

爸爸把船桨塞给我时，希诺飞上了他的肩膀，妈妈嘱咐我等着她们的消息。

他们四个人推动小船的时候，希诺从岸边鸣叫着飞上船的桅杆，它的叫声掩盖了水声和栖河妈妈终于忍耐不住的一声抽泣，掩盖了周围的寂静和我身边的栖河蒙在他妈妈黑色长衣里低低的呜咽。

4　雾

似乎越接近湖中央，水面越不稳定，大雾越来越浓重，什么都看不清楚，只能听到很大的水声，不知道是不是因为太安静，才突显出水流的声音。

我知道我的母亲在说谎。她们为了保全我们两个人，为了能让我们活着坐上这条船，背弃了群族中的人，作为对森林忠诚的代价也背弃了自己生存下来的机会。到现在为止可能海亚仍然不知道湖边那次一别可能从此生死相隔。我现在只希望那次问卜是一次错误，宁愿背上妖言惑众的罪名，也不愿意这场惊世的灾难真的发生。但是在摇摆的船体上，我一次又一次地努力集中精神用水晶球占卜，都只能看到越来越深的黑色。也不知道什么时候起，船体摇晃逐渐剧烈，周围的空气夹杂着腥味……那不是森林中的湖水应有的气味。

天色变得更加昏暗。

"海亚，你不要划了，我们早已经不知道方向了。问卜的结果和我们所在的环境一样被足够遮住阳光的大雾笼罩，昼夜也难辨认。"

他点点头，叮嘱我如果想睡的时候，可以抱着船桨。

5　巫凉

我醒来的时候，发现已经从骆驼背上转到这艘小船，一个男孩儿和一个女孩儿分别抱着船桨熟睡，任凭这艘船在水面上漂泊摇晃，看起来非常危险。甚至有几次水差点从船边漫进来……怎么会有这么不负责任的船夫。随从我们一起出逃的凝石此时正反反复复地念叨着几个不连贯的词语，也许是大水猛灌进低地城镇的场景吓坏了她。自从我们走进沙漠，就不知道该往哪个方向，完全靠那头骆驼选择路途。再后来抵不过酷热失去了知觉，如今获救真是意外。只是我们的七个同伴已经少掉了四个，连那个对我有点心仪的男孩儿——他是否活着也只能听天由命了吧……幸好当初和小树选择同一头骆驼，不然现在我在哪……还行走在沙漠中，或者早被大水吞没了也说不定了。

小树此时正在熟睡，呼吸也很均匀。努力观察船上的重物，除了我们的包裹，好像有一些装食物的布袋和木箱，一个布袋子里有一团黑乎乎的球，正随着船体的摇晃移来移去，看上去迟早会在船体上砸出一个洞。还有那只鸟……算不上什么猛禽，正立在男孩的侧睡的肩膀上警惕地望着我。

如果这时候小树醒着，就可以和他商量一下要不要把那个四处乱窜的布袋子丢下船去，然后赶那只鸟不要停在船上增加负重。

6　岸

持久的黑暗终于结束。不知道过去了多久，天亮随着雾的散去到来，我们正在一望无际的水面上漂泊。怎么会从湖面漂流到这样一个地方，让人费解。我一瞬间想起我本不相信的预言，她不认识的男孩，水面上漂泊，只是场景有偏差，现在并不是在星空之下。

他见我醒来，便转头对我说：“我是尘树，你们的鸟停在桅杆上，它很友好。”

“它叫希诺，我爸爸的鸟。”

“它是麻雀还是沙百灵？”

“是黑尾地鸦，曾经呼唤鸟群救过我们的森林。”

“我有印象，恍惚中我记得我见过你的父母。他们现在在哪？”

我也想问这个问题，所以没有回答他，可能小树知道答案。我把她叫醒，问她我们在什么地方。她伸手去抓身边的布袋，却一下紧张起来，布袋空了。她惊慌地翻看一切可能及不可能掩盖那个足有两个拳头大的球体的角落，越来越失望。

小树叫醒他的两个同伴，他们也都说并没有见到。

"那是栖河问卜的工具。"我尽量说得轻描淡写一点，试图不要让小河的失望加重，尽管我知道那不可能。那个看起来灵巧一些的外来少女安慰起小河，说即使是工具丢了，能力也不会因此消失，或许找到适当的媒介，就可以继续发挥自己的能力。我觉得很有道理，告诉小河不要着急，但心里却更急于知道我们和爸爸妈妈此时的处境。

"我们去哪？"圆脸的外来少女在醒来之后停止了她之前不间断的重复，终于问了一个有意义的问题。

小河咬紧嘴唇沉寂了好一会儿，把手伸进冰冷的海水里，随后用水拍打自己的额头，大概是想清醒一下。

"我猜，我们可能会在今晚靠岸。"

7　Land

海亚。栖河。我们在靠岸以后，互相告知了自己的名字。巫凉对他们很热情，凝石一直为生存的问题焦虑。我提议把一些果实的种子种在这个只有荒草的小岛上，大家都认同着开始了工作，没时间也没有心情为劫后余生庆祝。我本来准备登上山丘眺望四处是否有同样的岛屿或船只，却意外在山丘顶端找到一处淡水的源泉，汇积成一个小小的池塘。巫凉对我的新发现大大地赞赏了一番。

我决定由我来掌管这个池塘，按需求发放有限的水给大家灌溉饮用，虽然发现池塘里的淡水很可能有一处泉眼供给会持续补充，但我仍以干旱无雨为由告诫大家不要过多地索取。

多数工作交给了海亚和我的两个老朋友。而那个叫栖河的女生也许还因为她的水晶球耿耿于怀，看上去每天都惶惶不安，完全不顾将来的生计。

很快，我和海亚用桅杆和帆布搭起了帐篷。把海亚的粮食存起一部分，另一部分耕种下去，海亚说要试试能否种植果树，每餐后把果核尽数收起。凝石一度怀疑他是拿果壳里的仁来喂鸟，巫凉说亲眼见过他把果核埋进土里，用自己每天分到的饮用水浇灌。我问起他要不要多一点水，他说不用，叮嘱我水源有限，一定要节制。

用巫凉的话说，他是一个"诚实"到让人起疑的好人。

050

8 海

其实那天我很快就意识到水晶球可能已经落入大海。我记得祖母说过水是灵质，不会阻挡我们对虚空的认知。

可是当我的手浸到海水时，脑海里并没有出现清晰的影像，只有一些我很难确凿掌握的念头，让我觉得我们的父亲母亲以及我们的族人仍旧活着，只是他们置身在无边际的大雾之中。让我知道当天晚上，我们那条船上的人会以某种形式结束这种漂流，靠岸，也可能是死亡。

我不想把这件事情告诉他们，我至今仍有一种奇怪的念头，这一切灾难是源于那天午后我在湖边为海亚的那次问卜。如果我什么都没有预见，可能就不会发生这些事。是海亚的好奇心和我的一念之差酿成了祸害。

如今，这座岛一片死寂，大风吹来时就会卷起带腥味的尘土，露出贫瘠的地皮，两个少女因为种植庄稼，占用了原本杂草丛生看起来还有可能生长植物的土壤，而海亚的树苗常常因为土壤的养分不足无法顺利生长。我告诫他停止无休止的徒劳反复，去耕种粮食也许还多一些收成。可他很固执。

好在大家都没有抱怨过这件事。

我仍旧尽一切努力搜索着有可能给我任何启示的线索，我的愿望仅仅是再次和我的亲人生活在一起，而不是留在这里不断适应耕种收获的法则以及大自然喜怒无常的残酷，和五个人之间相互猜忌却又小心翼翼维持的平衡。

9 希诺，希诺。

那只鸟死在一块干裂的土壤上。胸膛被尖锐的贝壳碎片刺穿，腹脏散落在四周，它的黑色尾羽被放在帐篷门外。那天清晨我们听到惊呼声便穿上衣服跑出去，发现海亚握着羽毛顺着血迹跑向西边荒芜的空地。令人疑惑的是他在发现尸体以后便默默接受了这件可怕的事情，当场用手挖开干裂的土块，把日夜不离开他的鸟埋在里面。

另一件可怕的事情是小船和栖河也都在这天不见了，从早晨起来就没有发现她的踪迹。两个女生不断向我讲她多日来的反常表现——彻夜不眠，常常在午夜带着那只鸟遛出帐篷在星空下的海边把身体浸在冰凉的海水里，白天就倒在帐篷里昏睡。她们不间断地监视她，终于意料之中地……发生了可怕的事。

收拾好鸟尸体的海亚听到这些仍旧不发一言，默默走到海边，把黑色的狭长尾羽高举起来，长久地注视着那片羽毛，而后回望埋葬希诺的地方。

10　水

虽然我心里明白凝石的猜测有一些道理，却不想公开表示赞同，用动物内脏占卜的办法在我所见过的江湖术士中非常盛行，只是如今这件事情对于那个男孩儿来说过于残酷。这只鸟的死和他朋友的无故失踪，把事情这样明明白白地串连在一起，让人甚至想不出安慰他的话来。

我们三个在他又去尝试种树的时候躲在帐篷里讨论之前发生的事。临行前海亚问小树要了更多的水，说一定要在这里培育一片森林。

尽管认为这不可能，小树还是给了他相较于平常更多的水。

凝石说这种形式的安慰起不了什么作用也没有必要，反而是庄稼日渐有干旱的倾向，需要更多的水来灌溉，我也附和着说差不多半个月没有清理过的杂草应该尽早去拔除。

最后决定天色暗一些再出去，避开白天灼人的太阳。

小树沉默着一直没有说话。

11　寂静

我发誓这是比我亲眼所见的大水还要骇人的事情。我在麦田里俯身时，隐约听到风吹过森林的沙沙声，这声音持续不断，绝不像是幻觉那么捉摸不定。

我发誓，巫凉和我一起看到许多的树，许许多多的树，静静地快速长出强壮的树干，再伸出交错的枝条，森林中间一棵最高大茂密的树正散发着诡秘的光，荧荧绿色的光四下流窜，所到的枝条便生出浓密的叶子。

我发誓我看到无数白色的影子在枝叶间迅速地穿梭飞跃。

我身边的巫凉也终于抑制不住尖叫起来。

12　妖术

没有人能够解释那片森林的由来，白天的时候，那片森林就像是早已存在的古代森林一样沉睡不动，悄无声息。

海亚也没有确切地解释为什么会突然有这样一片森林，只是那棵最高大的、每夜都会发出如呼吸般谜样光芒的大树，就扎根在埋葬那只鸟的地方。

凝石以此断定这片森林是一种妖术变化出来的，一定隐藏着许多阴谋。她又陷入到终日的自闭中，尽量不把头转向森林的一边，以此拒绝相信它的存在。

海亚每天都仍然会索取更多的水，小心翼翼地灌溉从那一夜以后便没再生长过的森林。任何人都无法赞同妖术的说法，或去怀疑这一片森林的出现将带给我们的灾难多于恩惠。事实上在我们信赖凝石和巫凉而没有过多关照的麦田里，杂草终于占据了更多的空间，眼看着收成就要荒废。可是每餐多了许多原本没有的食材，浆果，蘑菇，以及一些能够食用的叶子和花——海亚很热衷于辨认它们，让我们的生活变得有了一些希望。

他曾在我的央求下带我到森林里去，用上午的时间灌溉和收集食物，下午便坐在最高大的树木旁，享受叶子中间透下来的细密阳光和风的声音。黄昏时走出森林，回头望着大树渐渐透出的光，只是我在这片森林里并没有看到预想中的众多动物，关于白色影子的描述，一直让我存留着疑惑……

13　嗜骨

平安度日的第三年七月初的一天，我和尘树在海边散步的时候发现了海面上漂着长长一截木头，上面似乎伏着一个人，旁边的水里有一只动物正千方百计地想搭在木头上，却总是再次滑落下去。

我们两人游过去把那个少年和那条黑狗带回岸上。女孩子们也跑来帮忙，用食物让受惊的黑狗稳定下来。

少年有意识以后，并没有回答太多关于他身世来历的问题，只是说他并不是狗的主人，只是在海浪撕毁他所搭乘的大船以后从一堆浮木里见到它，兴许是曾在同一条船上的，但愿它不是被主人抛弃的。

海亚从森林里拾回更多的蘑菇，有了一点生气的黑狗对摆在面前的各种食物毫无兴趣。它只是非常受用两个女孩儿的抚摸逗玩，时不时地翻滚、站立取悦她们。

陌生少年询问是否有需要做的事情，不想不劳而获，在巫凉提出想让他一起帮忙种庄稼的时候，尘树提议让他与我一起照料森林。

"Yoake，就是天快亮了的意思。"他笑着抽出插在腰间的口琴，甩干里面的水，在临睡前吹奏了一曲忧伤的曲子，随后轻声抱怨口琴有些走音。

一大早，我们便被凝石惊喜的呼叫声唤醒。黑狗拖着一只垂死的小鹿，血迹延伸到森林那边，我注意到尘树不安且不解地看了我一眼，便强忍住杀死这条揭穿我秘密的狗的冲动。

两个女孩子把肉煮熟，把骨头扔给口水直流洋洋得意的狗。在我拒绝分食鹿肉的一餐和饭后，尘树，Yoake和我从始至终都没有交谈，大家默默听着两个女孩子对那条"能干"的狗滔滔不绝的赞许。

我用尽心思掩护的动物们，从此可能会被如此猎杀。它们都是希诺骨血的化身，这个念头让我全身缩紧，愤怒难当。

14 裂缝

海亚搬到森林边缘居住。在草地上平躺下来，身边握着一根木头削成的尖锐长棍。仅仅在晚饭和取水的时候走来帐篷这边，密切关注那条狗的行迹。

姑娘们似乎没有意识到猎杀动物显然触犯了海亚的底线，让他整个人都变得紧张起来。凝石不断逗引黑狗的时候，总是用假可爱的口气问它为什么不带猎物回来了，巫凉私下里偷偷问我，想不想吃上一次她为我偷留下来的一块熏肉，让我非常尴尬。尘树显然跟我一样明白整件事情的利害，却也没有挑明。

"他可能也贪恋所谓的人间美味。"海亚某天在森林里突然对我说出这句话，我并没有去接他的话茬。森林里这些白色的鸟整日里都跟随在我们两个人周围，从树梢飞到地面上来，或者站立在海亚的肩膀上，一点也不怕人。海亚用树叶掩盖起一窝刚出生的小兔，叮嘱我帮他注意那条狗的行迹。

在我刚刚获救的那天还有说有笑的四个人，一夜之间变成了两个，确切点说是三个阵营。一方在坚守自己的禁地，一方坦白贪婪地觊觎禁地中的动物，另外一方迟迟没有摆明立场。

15 尘树

海亚没有告诉我森林里还有鸟兽存在。我进入森林的那一次，它们一定都隐藏在某些地方，用怀疑的态度面对我。我终于明白其实树木并不需要每天灌溉，而这些动物每天都需要喝下一定数量的淡水。海亚一直在对我们隐瞒这件事。凝石和巫凉应该明白海亚看守森林的用意，却把那只狗当成了刺探进森林的武器，让我有一些意外，但凝石说的对，我们不能阻止一条狗想吃骨头的愿望，换句更赤裸的话说，我们都不能抗拒自己的食欲——长久单调素食引发的需求。巫凉跟我谈起这件事，说其实可以奉劝海亚不要那么固执，应该让他认识到吃几只野兔和幼鹿不至于会破坏这片说不准是属于海亚还是大家的森林。我们问起 Yoake 这种奉劝会不会奏效的时候，只听到他含糊其辞的回答，似乎对我们之间的矛盾不感兴趣。

16 杀

就是现在。它潜入了森林，不知道这一次将会带回的怎样的猎物。更大的动物就有更多的骨头，在这一点上，它明白自己的努力和回报所成的比例。

凝石从手指缝里观察它的行动路线，不时紧张地小声惊呼是不是它已经惊动了熟睡中的海亚和莫名其妙跑来陪他的 Yoake。

但其实什么事情都没发生，我已经看到它拖着一只不再挣扎的动物缓慢朝这边走。是时候好好想想应该怎么样面对明天清晨尘树的询问，该怎么样才能够让充溢在房间里令人满足的肉汤香气避开海亚的嗅觉……

它看到躲在岩石旁边的我们，放下猎物摇了摇尾巴，凝石鼓励地朝它笑，看着它咬紧猎物继续慢慢移动向这边。

突然的一声闷响，它似乎跌进了一个被雪覆盖的深坑。我们慌张中站起身，彼此相撞时发出的声音惊动了海亚，投掷来的木枪擦破了我的脸颊，有力地穿透了凝石的脚踝。

她不顾一切地奋力尖叫起来，好像这个本来充满期待的夜也因为这声尖叫而无处可藏，只得暴露在光下。她疯狂想报复疼痛和羞辱，撕扯着前来帮忙处理伤情的海亚的衣服和头发，一张折叠起来夹着黑色羽毛的纸从海亚的怀里掉落在地上，被Yoake 先我一步抢在手里。

17　审判

尘树没有对黑狗的死多做凭吊，只是斥责海亚造成凝石难以恢复的重伤。

"那些动物比你的同伴还要重要？"他反复问他这句话，他睁大眼睛与他沉默对峙作为回应。

"我要渴死你的那些动物！你也不用再费尽心机地保护它们！做一些对大家都有好处的事！说不定她们俩愿意原谅你这么凶残的出手。"在一旁一直没有搭腔的巫凉在这时大声动情地哭起来。

事后把黑狗葬身的大坑填埋起来的时候，我问海亚，你为什么还不走。

"走？就为了伤到她们这种事？"

我不明白为什么事到如今，海亚仍然不肯面对那封揣在他怀中的信。

18　海亚，海亚。

海亚。只有用我的灵魂，希诺的躯体，以及它脚踝上那棵种子，才能让这座岛屿生长出第一棵树。也只有这样，希诺的灵魂才能带着我的躯体依靠辨认你父亲的方向找到我们族人得以侥幸存活下来的地方。请原谅我得知这一切以后没有告诉你，便决定在今晚完成交换灵魂的仪式。我要拿走我们的父母为我们建造的小船了，你自己多保重。

八月十七日夜，如果羽毛在风中指向南天空最亮的一颗恒星，请放心地扬帆起航，我会帮助你回到你父母的身旁，回到你坚守信仰的族人身旁。

请记住，这里不是你的故乡。

栖河

19　正义

每天，海亚只能领到属于自己的一杯水，他把一半喝掉，另一半浇灌最高大的树。

每天，都有树木干枯而死。

每天，海亚把动物的尸体运到森林的边缘，坚持不让三个人踏进森林半步，用尖锐的情绪抵抗。

每天，两个姑娘私下里取笑海亚不如老老实实让她们帮忙从森林里搜寻渴死的动物，免得自己多费力气。

每天，尘树都尽量克制不去吃肉。

每天，夜里都会有闪电一样迅疾的白色影子，穿梭在山丘和森林之间，没有人能够发现它们。

每天，海亚都不再陪在大树的旁边，专注于一件他早该履行的事情。

20　水

海亚终于来求我，他沉吟了许久，张开干裂的嘴，说森林已经奄奄一息，需要足够的水才能恢复生机，并小心翼翼地声明很可能在庄稼无收的情况下还需要那些植物才能充当大家的食物，尽量不让语气里透出威胁的味道。尽管我知道 Yoake 会偶尔多要一点水其实都是分给他喝，也还是满足了海亚的要求。

我也没有想过大家的关系会破裂到如此程度。那条该死的黑狗死去的近一年以来，这是使大家关系得以缓解的仅有一次机会……

21　河

这一天午夜，大树的种子被风吹向海岸，在紫色的光中飘浮，像是隐藏在少女轻柔的长发中随风飘散的眼泪。

海亚轻轻举着黑色的狭长尾羽一脸神圣严肃的表情。

我把海亚一直在森林中秘密建造的船推到岸边，带上多日储备的淡水，他回头轻轻对我点头致谢。

"你对这里还有留恋吗？"他突然这样问我。

"海亚，这里不是你的故乡。"

"我们去往的地方，也不是故乡。"他说完苦涩地笑笑。用力地拉起了船帆。

我一瞬间看到无数的白色飞鸟从树林里铺天盖地地飞起来，跨越过曾栖息的森林，激昂地鸣叫着疾驰而过顺着风飞向恒星所指引的黑暗未知的前方，像一条奔腾而过的河流，震慑着我的灵魂。我知道这是她，将带海亚去一个承诺中更美好的地方。

22　预言

"海亚，你会和一个我不认识的男孩子在星空下的清凉水面上漂泊。而我会在海边看到从远处地平线出现的鸟群，等待着它们的靠近……"

♠A

EQUATE

PHOTOGRAPHY AND ARTS _ LAKITA   PROPS SUPPLY _ LAZYBABY

每颗心是一个房间，心与心之间存在不可逆转的时差。打开窗，整时歌唱的鸟儿是仅有的共鸣　♠A

远乡

Sanne

小楼明月镇长闲，人生何事缁尘老。

记忆里的晨乡。

天色发白，窗外有清脆的鸟鸣。空气总散发着泥土与青草混合的清香。大街上开始有了响动，隐隐约约的狗吠，清理垃圾的大卡车，背书包上学的小红领巾，卖豆浆油条的阿婆……这是谁梦里的家乡。

偏远的小镇，坐落长江边。宁静得让人安心。一代人在这里老去，下一代人又在这里出生。常常在想，这些一辈子都住在这里的人，又是以怎样的方式，来怀念他的一生的。

记忆里的清早，都会陪外婆去教堂弥撒。外婆是虔诚的基督教徒，每周日上午都会在来这儿听牧师布道。这个教堂有个好听的名字——若瑟堂。轻轻地念，声音从舌尖一丝丝飘出来，很清净的味道，内心亦是清新谧静。喜欢这里。做完祷告，老人们一起唱赞美歌。一群年迈而善良的人，信仰虔诚而笃定。内心有了皈依，所以不再感到孤独。

——眼睛就是身上的灯。你的眼睛若了亮，全身就光明。

白天有很热闹的集市。并没有什么潮流的色彩，都是些普通的摊铺和商店，满是生活的气息。针线，发夹，烤鱼，豆腐花，爆竹，鞋子，衣服……叼着骨头的狗穿行在人群里。提着花篮的小女孩，梳着黑色的辫子头，嘴角有纯澈的笑容，兜售的一般都是刚摘下来的还挂着露水的栀子，或者黄角兰。

这样的场景，每个城镇、乡村都是一样的。任何人都忘不了。

还有很多一大清早便从农村赶来卖新鲜蔬果的人。他们一半天都只是蹲在自己的摊位上，不说太多的话。只希望尽快卖完，早点回家。没有投机，没有伪善，看得到他们脸上饱经风霜的痕迹。

　　大半生的磨难，让他们学会了沉默与隐忍。也许他们贫穷，也许他们一辈子都被困在了那片小小的黄土地上。但是这些人并不乏对生的希望。

　　记得以前那个时候的自己，最喜欢在水果摊买喜欢的肉桂和葡萄，然后往回家的路上赶。

　　这里有不少的火锅店。这个地区本来就是火锅繁荣的城镇。但是不是那种需要弄特大招牌然后把里面搞得碧丽堂皇的酒店，小镇上的饭店一般都是随便得甚至有些简陋的。但是老板会有憨厚而熟悉的笑容。夜黑的时候，那些忙碌了一天的男人们，就会光着肩膀，围着火锅猜酒划拳，吃得酣畅淋漓。店面门口那油腻的台前开着许多大碗口的花，粉色的和浅紫色的，是那样的艳丽。

　　还有小小的广场。算起来它并不是一个像样的广场。这儿没有释放冷气的冷饮店，没有高高的五颜六色的霓虹灯，也没有专门出租溜冰鞋的小屋。总之你会觉得这只是一块很大的空地。可是晚上总是会很热闹。男人、女人和孩子都在这儿玩耍歇息。小孩儿们奔跑、顽皮打闹，老人们精神矍铄地锻炼……成群的男孩儿们吹着口哨，嬉笑怒骂。远方有墨色的山峦和明灭的灯火。在这里，你可以跟朋友们放肆地大声歌唱。她们都是唱歌很好听的女孩子。是这样地喜欢与她们在一起。这里的人都有着一种与生俱来的善良与朴素。没有勾心斗角，没有争权夺利，小镇是一个盛着温暖与宽容的地方。

　　或是彼此相待，或是待众人，常要追求善良。

　　干净的街道上，两边一排排整齐的树，齐的树，鸟群飞过天空，瞬间又消失不见。

　　在记忆里停下来，恍然间似乎看到了那些疏散流动的人群。一些认识的或不认识的人，从身边擦过。

　　我只是在想，离开了那里一年多的自己，在很久很久之后，是否还会记得那些脸，那些人。

　　小镇上的书店并不多。都是些小小的店，光线有些暗，窄窄的书架上排满了书。除却那些流俗的网络情爱小说，依然可以在一些落满灰的高架上找到苏童、余华等的书。内心亦是这样欢喜。书对你来说是重要的。阅读可以填补内心太多的空洞。看书是一个自省的过程。也想读杜拉斯，只是没有找到。

电话亭里有同龄的女孩子用生涩的普通话对着话筒讲，声音细柔，表情神秘。

小镇的前身是个古镇，那里有陈旧的刻满岁月痕迹的的矮巷和青灰色的石板。记忆里那个小小的童年便是随它一起度过。

记得和小伙伴们一起去江边的沙滩上玩耍。挖泥坑、堆泥人，还有再简单不过的过家家游戏。那时常常因为玩得尽兴天黑忘了回家而挨爸爸的打。

记得父母因为加班深夜未归，而自己一个人在家那么寂寞害怕，于是就壮着胆子去单位找他们，深夜一个人走在两旁长满苜蓿的路上，有些胆怯，但依然一个人走。幽幽的月光洒在脚趾头上，那时的自己还只是个八九岁的小孩。

童年。仿若呼啸而过的风。吹过心里那个不易察觉的角落。

后来小镇就搬迁了。那个破旧的古镇，连同那些儿时的记忆，都被河流冲刷掉。

那些曾经在身边的人都离开了，隐隐地有些难过。他们都从你的身体里流失了。如同一条河流，平静的流向远方。

无数个傍晚。会独自去散步。走在蜿蜒的小路上，不觉已到郊外。呈现在面前的是一片泛着微波的金色稻田，河流静静地流淌。苍翠的山峦中，一座座白色的小房子像是盛开在绿叶丛中的小茉莉。

余辉暖暖地洒在脸上，脖子上，拿出相机，拍下了你喜欢的田野和远山。也许你是如此迷恋这样的时光。这漫长的、漫长的时光。

记忆里的小镇，散发着柔和的金色光芒。觉得整个小镇就像一只安静躺着的口风琴。搁在桌上太久，有些旧了，甚至沾了些灰。它在等谁来，轻轻擦干净它，然后吹响。这时你便会听到悦耳柔和的琴声。

从小到大生活的那么多年，对那里的感情自然而然也就沉淀在了心里。觉得它不美，也没有什么独特的地方。与其他的城镇一样，再普通不过。

可是我知道在我离开之后，我会一直一直怀念它。

那是我曾经在的地方，那是我一直爱的地方。　♠A

水果

ILLUSTRATED BY TOBY

梦里的冬天有很多鸟住在小房子里，
在苹果的蓝色液体里，直吐酸水。

♠A

日出时，告别

六修

如果我们在这个世界的光明已谢，
是否会前往另一个地方。
——莲花

他看到时光大段大段地跑掉，向一片漆黑深暗的无望之地。孤独光柱下自己身影孑然，却仍旧有着吞噬光线的怪异力量，看到自己的身体豁开巨大口子，他拼命往里面塞东西，那些尖锐、粗砺的力量相互摩擦，竭尽全力去糟蹋、破坏，求得片刻的心理安稳。

每个夜晚的浅薄睡眠，丛龙偶尔会回到那个时候，空气里灼烧过稻茬的干燥味道，鼻腔的不适感，还有黑暗中的奔跑及漫天大火，铺天盖地。

后来他曾经与孙茬莳在那个小山坡上重逢，却不敢轻易闭起眼睛，从来不是太好的记忆，有时候他宁愿遗忘或者，装作遗忘。遗忘是一种很好的品质，在别人的记忆里被埋葬，或者自己埋葬自己，总有，有那么多那么多的东西，需要不记得。丛龙的记忆里有太多的遗忘本质。

但过目不忘是一种病。

初中毕业，第一次独自乘上火车，邻座有学生模样结伴而游的年轻人，热闹哄哄地在一旁玩杀人游戏，邀请这个面相沉静的少年参加，他笑着摇头，起身走去两节车厢交汇处，站在那里，长久地凝视窗外。列车正穿行田野，田地里有牛。站立一旁的稻草人，穿着主人不要的红格布裙子，随风空空飘荡。

到达时是正午，阳光猛烈抽打地面，一股灼热气浪扑面而来，皮肤晒了一会便开始感觉疼，他打量四周，找到了公用电话。

舅舅忙着生意，他问清楚了乘车路线自己过去。傍晚时分，舅舅已在车站等他，看见便一把抱住，接过行李，你妈妈电话来得突然，我都没作什么准备，过些天给你办手续，她是要去哪里？说安顿好了便接你过去，别太担心……这个微微发福的中年男人有着跟母亲不一样的豁达神经。

去的高中是一所初高混杂的大校。他的好成绩及多项获奖让他成为新生代表，发言之后被特地留在校长室，余光扫到角落站着某班的打架学生，待遇显然不同，如果那里是北极的话，那么自己现在所处的位置就是——赤道，校长跟主任的表情如五月阳光一般热情似火，仿佛可以抖出金子，话谈开了才知道，开学不久便有一场竞赛需他参加，于是在那片金光里他觉得自己笑得极不自然。

后来孙荏苒对他当时的评价是：笑容虚情假意，质量极其伪劣！
不错，那个站在北极的学生，就是孙荏苒。
丛龙质量伪劣的假笑成为他们打混到一起的一个契机。可丛龙却认为，是自己拯救孙荏苒于水火在先，他一句校长图书室在哪里可不可以请旁边那位同学带个路……才有孙荏苒得以全身而退的借口。于是孙荏苒便认定了丛龙是标准的蔫坏。

一路上，孙荏苒打量这瘦削身影，个子不及自己高，五官线条分明，鼻弓尤其凛冽，沉默时感觉很冷的一个人，却突听得丛龙问他，这附近最大的图书馆在哪里？

初中时，丛龙喜欢泡在离家不远的图书馆。他喜欢那样的空间，那种长时间的静谧感仿佛置身空壳宇宙，完全单纯的时间，很干净。通常会待到闭馆，将书归回原位，再一样一样将笔记、书包收拾好，下楼时候他听到自己的脚步摩擦在空气里，很单调的咔嚓声。图书馆外依旧车水马龙，繁杂城市的空气里混杂了太多气息。骑车回家。思维停滞上空，身体履行职责。

有时候干脆推着车走，只想推迟到家的时间。多数时候推开门家里空无一人，但有时候是妈妈跟不认识的男人在家。不打招呼低着头往里走，他们不离开他便扯个借口出来。那样的尴尬空气，他感觉窒息。

会翻墙去学校空无一人的操场上跑步。一圈一圈，耳边有风呼啸掠过，身体跑着跑着就不受控制，发热，继续一圈一圈，直到瘫软，躺倒在粗糙不平的跑道上。胸口憋屈到无法发泄的气息，总想借由急促的呼吸来抚平，内心的刹那火焰。燃烧到午夜梦回。

可最终结果却是体育课上老师的诧异目光，丛龙，破纪录？！

他总觉得人生一直在跟自己开着若干个玩笑。当你想往东的时候，它却偏偏有着向西的迹象，一遍一遍，躲闪不及。就像拿着最优的成绩给妈妈签字的时候她用满意的表情签上名字，却从无拥抱或者更多奖赏。有时候他想，那个拿成绩单的人是不是丛龙或许都无所谓，只要是能给她表面虚荣的满足感便足够？所以，在他看见孙茬苒跟他爸饱含激情的相互咆哮之后，微笑着说，孙茬苒，你跟你爸关系真好。

换来孙茬苒朝天一哼，好个屁。他要不是为了省那笔钱早拉我去做亲子鉴定。

不用鉴定了，你肯定是孙伯伯的儿子。

一句话换来孙父的深情凝望，丛龙，你说你那么好的基因是谁遗传给你的啊，不像我家那笨儿子，连他爹我的半点精髓都没轮上……

不知道谁比较笨……

只是觉得这两人不作父子简直是枉费上帝造人的苦心。

多好的父子。

多好。

为什么时间跑得这么快？
是风把它都吹跑了。
为什么你要我握着你的手？
因为和你在一起我感觉很温暖。
——蝴蝶

一切井然有序，一切有条不紊，一切墨守成规。

开学后的第一个周末，丛龙在家看书，听见窗外有人喊：第一名，第一名……探头出去，孙荏苒在楼下，身体斜跨在一辆破旧的自行车上，冲着他的方向：喂！第一名，你还去不去最大的图书馆？

丛龙微微皱眉，哦了一声，本来缩回来的头又探了出去，同学，你是谁。

……孙荏苒半张着嘴忘了闭上，然后彻底愤慨，张嘴要骂，我是谁你说我是谁我是你孙爷爷……却又见那颗脑袋探出来，孙荏苒，半个小时能到么？

他无法相信这是校长室里那个神态从容表情诚恳的第一名优质生！当这个干瘪身影从楼道里出来，用哑哑的嗓音对他说，我没有借到车时，目光里更是毫无一丝愧疚感，跟在他身后的大叔笑呵呵，同学，丛龙不认识路，你记得带他回来。孙荏苒就有一种彻底被调戏的感觉。这家人都太蔫儿坏了！

于是，便是丛龙在图书馆看6个小时的书，而某孙姓同学在游戏室玩了6个小时的飞车。直到优质生找来，他一偏头，甩开眼前碍事的几缕头发，兴致勃勃，喂，第一名，你玩会儿？

丛龙扫了一眼，摇头。

不腻？

还好。

多闷，看书实在太闷。

丛龙看着他，玩这个腻不腻？

不会，竞赛的时候会有飞起来的感觉。

看书的时候……也会有飞起来的感觉。

……你那是灵魂出壳……我只会昏死过去，我不看书，啊，我看漫画的。

漫画万岁。丛龙笑起来眉眼明媚。

第一名你会笑啊。

……同学你是谁。

你！孙荏苒被他快速转换的思维呛了一下。

我叫丛龙。

我当然知道……

所以别再第一名第一名的叫我，他目光在他身上轻轻一扫，孙茌苒同学。意思却是再简单不过，他并不待见那称呼。

孙茌苒看着走出老远的单薄身影，抬抬嘴角吐出一个字，……装。

从此不待见人叫他同学。

第二个周末，孙茌苒主动来他家，丛龙，去图书馆啦～～～那声音，似解放区人民盼来艳阳天，久旱大地逢甘露。借口！丛龙成了他贪玩最好的借口。根正苗红优质生，书香四溢图书馆，还有什么不值得家里那老头相信他很正直。除了那强大的血亲直觉。

于是一个6小时的图书馆时间，一个6小时游戏人生，再一起回家。物理时间轴上同一时段的6小时，生生被他们掰成两个走向。

那天回去的路上，他们发现了那片开阔地。

恰是夏末时光，少年心境，满目红霓，淡云抚披，风入草池，薄秋染笔，竟都一时无语。

为什么看书？飞起来？

也不是。有时候是想找到某种答案……或者真实感。

……真实感？不懂。

那就别懂了。

……。

就是，你为什么是一个人的状态而不是一棵树一只鸟，如果是树和鸟的话那么作为一沙一天堂一花一世界又是怎样的存在。*

简单点……

为什么有我们。

……问你妈去，孙茌苒小声念，还有你爸。优质生的大脑统统复杂。

丛龙转头看他，背着光看不大清楚表情，只依稀感觉他转回头时嘴角微扬。

孙茌苒承认自己是一个本质粗劣的人，就像粗糙生活带来的后遗症，他还来不及感受那些过分细腻、柔软的东西，却也在生活还未更进一步粗暴的打磨下保存着一部分顽劣的天真。这种情感质朴而笨拙。他无法表达得出。在没有任何契机的当口，他还是一块原生态的石头。

而花鸟虫鱼。丛龙有自己的世界。所以他的身上，会有着孙茬苒永远也参不透的沉静气质。就像他此时在龙身后看到的就是一幅静谧神秘的卷轴画。天地无声。

此后，夏末秋初的黄昏总是让人很流连。

秋末时候，天气渐凉，天空一片高远。

每个周末还是一起去图书馆，再一起回家。孙茬苒废话一路，丛龙一直安静，偶尔回应。天气好时会绕道去那片开阔地，丛龙看随身带来的书，孙茬苒舒服地睡觉，再睁开眼便觉得天地开阔。

问他看什么，丛龙便轻声念，……如果你爱上了一朵生长在一颗星星上的花，那么夜间，你看着天空就感到甜蜜愉快。所有的星星上都好像开着花。

风吹来暖烘烘的味道，孙茬苒闭着眼笑起来，继续继续。

狐狸说。对我来说，你还只是一个小男孩，就像其他千万个小男孩一样。我不需要你。你也同样用不着我。对你来说，我也不过是一只狐狸，和其他千万只狐狸一样。但是，如果你驯服了我，我们就互相不可缺少了。对我来说，你就是世界上惟一的了；我对你来说，也是世界上惟一的了……

丛龙的沙沙嗓音像在催眠，孙茬苒感觉自己像一只在麦田里睡去的狐狸。耳边一直有麦浪翻滚的沙沙声。

很快日子便翻过去，在丛龙沙沙念书的声音里。

那个春天雨水不足。从图书馆准备竞赛资料，丛龙出来得晚，天色已暗，春寒尚浓，他紧紧衣领，向游戏室那边过去。

只见一片火光冲天。他当场愣住，听见围成一团的人群议论纷纷，起火点是游戏室，电线老化造成短路，点燃杂物，很快就烧了起来。老板正跟大家忙着救火，里面还有人大叫着往外跑。火仿佛燎烤上身，筋骨里疼。他看向周围，没有孙茬苒。暗骂一句笨蛋，取下围巾打湿捂住口鼻就冲了进去。

火场一片狼藉，仍是没有孙荏苒。

等他再出来时，却见某个笨蛋在消防车旁看消防员灭火的飒爽英姿……。

孙荏苒回头便看见丛龙站在那里，衣服和脸脏脏的，模样很滑稽。他跑过去，你去救火了吗？笑嘻嘻地却发现他瘦削的身子微微在发抖，眼神里除了愤怒还有些别的什么他不很清楚，丛龙，你……突然被飞起的一拳击在腹部，疼得弯下腰去，这小子下手真狠！他忿忿地想。

紧接着又是一拳，孙荏苒彻底躺倒，被一个比自己身高体形都小的人打倒他觉得很没面子，况且他连他的愤怒点在哪里都不知道，眼看又一拳上来，……够了没！！胸前一动，外套里钻出了个小脑袋。丛龙的手一滞。

孙荏苒喘着气，突然不好意思起来，龙，我追猫去了。

他面色缓和地蹲下，是只黑白色幼猫。

上周它妈就不要它了。小家伙蹲在他胸口，身子还在发抖。

丛龙伸出手，摸小猫的头，很危险啊。语气出奇温和。

孙荏苒觉得有点败，你对猫倒是真不错……说着伸出手，丛龙本能要躲开，却在那手抚上自己头时听见他小声闷笑，头发焦掉了。

又是一拳，都是你，笨蛋！

丛龙发怒的脸很搞笑。

那天骑车从斜坡上飞快冲下，风在耳边呼啸。孙荏苒的大声怪叫，引得周围住户从楼上扔下瓶子抗议，碎了一地玻璃渣。笑声在空荡寂静的夜里逐渐消逝，风灌满衬衫的瞬间，让人有确实能飞起来的错觉。

孙荏苒家楼上的小阁楼，那天收留了一只猫和一个脏兮兮的龙。

给舅舅打完电话，孙荏苒已给猫洗了澡，放在他的破T恤里喂牛奶，旺财，旺财……好喝吧。

……旺财是狗。丛龙靠在门边淡淡语气。

孙荏苒皱皱眉，那就叫来福。

来福也是狗。

……我一直想养条狗嘛！！！谁说猫不能叫狗的名字了，我说它是旺财它就是旺财！

龙不置可否，……我去洗澡。

出来时孙苣苒已经睡着，丛龙踹他一脚，我睡哪啊回你楼下睡去！人没醒，猫倒是精神地冲他喵了一声，龙拎起它，放在手心小小一只，便笑着顶它的鼻尖，要喝牛奶吗，孙旺财？被妈妈丢下了啊小可怜，没事，我们一样呢……

躺着半醒的某人忍住那声孙旺财没有跳起来，迷糊睡去时心里还在犯嘀咕，…闷骚！

又是漫天大火。灼热的温度不断攀升，丛龙害怕这个梦，却被它一次又一次籍住。他要梦到爸爸，但不是在这个梦里，他想逃出来，……爸爸从外面冲了进来，把自己裹在打湿的毯子里，刚被推出去；老式屋子的柱子被烧断掉，倒了。他就在那里一直等一直等，看着火光，直冲云霄，热浪灼烤着他的皮肤，很烫。水分很快就被高温蒸发。脸上又疼又干，只有不停的流眼泪让它湿润起来。

很多个夜晚，他就这样任由心底深处的大火彻夜燃烧。无人拯救。然后醒来，但今天这个梦显然太长了……有手轻抚脸颊，温暖而粗糙，他抬头，爸……

龙，总看见你在哭，都过去多久了……

爸爸……对不起，我不该那么好奇，对不起对不起原谅我。他知道自己在流泪。

从来都没怪过你啊龙！抚摸头顶的手很大很有安全感，今天的龙很勇敢，爸爸可以放心……龙已经长大，所以别再哭了。

孙苣苒半夜起来喝水，看见蜷在地板上的丛龙开着小台灯睡着了。

便关了灯。

真是个怪人，梦里笑着也可以流泪。

再次在学校见到丛龙，头发短了很多，碎发更是遮挡不住明亮的眼神。女生们小声议论，剪短了呢！好精神！我喜欢长一点的；为什么剪啊……只有孙苣苒私下偷偷撇嘴乐，是烧焦掉了嘛。

开始有女生给龙递纸条，或明或暗地传达着一些什么。丛龙一概态度明了，年岁尚早，学业为重。寥寥几句，姑娘们更是成串飞来。

孙荏苒还是那个字，……装。

不装的孙荏苒平素绝对不会往优质生成片的地方钻，他不喜欢在那个分三六九等的地方跟一个太优秀的学生扯上什么联系，至于丛龙，常年一副生人勿近模样。所以两人在学校没什么交集，只是遥远地在人群中目光交汇算打个招呼。

可每次大小考放榜的时候，孙荏苒会站在自己的排位前远远地看着前几名，孙荏苒，你可真不怎么样啊，可你真怎么样了这世界得怎么样啊。再看橱窗里，凡是沾红的纸上几乎都离不开丛龙的名字。时间长了，便有些烦躁。

路过校长室时听见那老头说，丛龙，拿到第一名不错啊！你是我们学校最有能力进重点一类的学生，可千万要把持好自己，别跟没前途的学生混在一起，你很聪明我就不多说什么了，学校到时候会有保荐名额，当然你自身素质也很优秀…………

孙荏苒撇撇嘴离开。

一连几个周末，他都没有再去图书馆。后来就再也没有去。

其实都不过如此。

快入夏的气候总好得不像话，霞光大片照得教学楼红彤彤地甚为壮丽。丛龙笔直瘦削的身影出现在楼层最乱的教室外时，所有人的目光除了吃惊，还是吃惊。孙荏苒趴在桌子上装熊，……说我不在。

人早走了，丛龙怎么会来我们班，孙荏苒，你居然跟他很熟啊，听说他很神啊，喂，你怎么跟他那么熟的啊……

不熟不熟，我们不熟。

不熟他让把这个交给你……

孙荏苒烦了，要不要弄个签名啊！

喂，放学后的……去不去啊？高个子男生冲他挤挤眼

去！干吗不去！起身要走，又转回身，一把夺过那同学手中的东西。是MP3，一把塞到书包便不再理会。还有架要打呢！

那场架孙茌苒打得特别卖力，卖力到以第一名的姿态出现在群架斗殴的通报批评栏里。发现自己第一次跟丛龙的名字一起出现在校橱窗，他就很想大笑。

梅雨天让人心生烦躁。

他迅疾地走，潮湿的空气很黏糊。他跟在他身后，脚步不慢，透出坚持。

两人穿越整片空无一人的操场。

干吗跟着我。孙茌苒停下来。

需要见我绕道么。

呵呵我们有什么交情，第一名？

我叫丛龙。声音一贯冷冽。

啊就是那个优秀的丛龙啊，干吗要跟没前途的孙茌苒混到一起，你不烦么？

丛龙不说话。

我这样的混到高中毕业算成材，连我爸都没怎么指望过我你干吗要熏陶我，你 MP3 里读的那些东西我根本听不懂，你装什么圣人，装什么清高，你装什么啊！

我没装。

叫你第一名你装，有女生围着你装，在校长跟前你也装，现在到我面前你还装累不累啊你，是不是那个推荐名额到手了啊⋯⋯

龙紧抿着嘴，生气中的情绪，让他坚硬得像一块岩石。挥拳相向。他的手不大，但拳面极平，暗含力量。

孙茌苒猝不及防，疼得弯下腰去，⋯⋯我不想跟一个目标太高的人一起显得我好像也很有目标！我不想像旺财，明明只是只猫，却被叫狗的名字，丛龙，即使它叫旺财它也只是一只猫而不是狗！

你这个笨蛋！丛龙的声音里透出愤慨，挥拳落在他脸上。

我本来就是个笨蛋！孙茌苒的面部开始发麻，鼻腔有腥浓血液流出，我可没有你那么高尚，别忘了我的专业可是揍人！拽住龙的领口冲他就是一拳。

丛龙倒在水中。那片黑暗里他本以为可以慢慢向那点微光移去，却突然没有了回声。

很像少年时雨天，窗外大朵白花在雨水里模糊成大片不规则的白影，雨滴的敲打声，抑郁的少年心事，辗转难眠的夜，又一次被黑暗吞蚀殆尽。

两人满身泥泞，拳头中透露出内心想宣泄而一直被压抑的阴暗和不满，寻求无法用语言所得的平衡。似乎都可以从对方身体上找回。

此时最原始武力的宣泄远胜过语言的一切表达。

最终被赶来的同学拉开，他们无从知晓为什么这两人要在一个阴雨天打得满身泥泞。办公室里的低气压，在老师开口询问之前，孙荏苒听到龙淡薄的声音在一片雨声里格外平静，我就要转学。

大雨终于瓢泼。

带上光年，
用你身后被飞速遗忘的时光。
飞驰向深处，
不被玷污的池地。
忘却之川。
终身撕裂般鸣叫。
——忘却之川

我们总在向一些东西告别，这个世界上的，自己内心里的，总有一片方舟，承载所有，或者虚无，驶向前方尚且遥远的光明彼岸。

那天去校长室的原因，孙荏苒后来想了很久却完全不记得，他实在想不出校长有什么理由在开学第一天就把他给逮了去。这一切可能只是为了一场见证的开端，又或者，只是相遇。世上万千人之间相遇的一种。平凡而又普通。以至于多年后，不论是午夜梦回，还是熙攘人群，在某个时光突然停驻的瞬间，这种平凡而慎微的人际相遇，都成为他略显稀烂的人生借口。

不得不承认，这个质量伪劣的契机，间接改变了他的人生走向。而丛龙的突然离去，也并非突然。他妈妈之前的离开还真就像她那个漂亮的借口一样，是真的。她安置好了便来接他。所以那次打架事件后，丛龙有段时间没来上学，再来时已办好签证，跟他妈来办理转学手续。

他仍旧坦然，我要走了。

去哪里？

英国。

……不再回来？

丛龙没回答，那天你说旺财叫旺财它也还是一只猫而不是狗，其实不够准确，猫本身并没有名字，认为旺财是狗不是猫不过是人们一种先入为主的主观臆断，这不公平，它也有可能是一只鸟一朵花……这个游戏一开始就被设定好了，所以没有意义。应该重新设定游戏。

简单点……

不必拘泥于别人的想法。

……

丛龙相信孙茬苒。

……

不管他笨或聪明上大学还是个大混混，他都觉得他是个值得去信赖的人。

太煽情，孙茬苒突然有点扛不住……说什么疯话……却不好意思地偏过头。

丛龙笑起来，我会回来。又想起什么，在书包里一阵翻，然后把那个 MP3 递到他面前，修好了，可以听。有很多，别嫌烦……那，茬苒，再见。

孙苿苒还记得跟吕夏夏一起看过一次送葬，夕阳里的送葬队伍，人群被拉长的剪影，没有风，画面安静得像米勒画里的昏黄调子。那是在龙走了近半年后他又一次回到了那片开阔地，那辆破旧的自行车，一放就是半年。

关于世人的相聚和死亡，龙曾经说过，人来到这个世界上不容易，生的不容易，死却是很快速的事。他说，没什么关系，你没有遇到丛龙，也会遇到另一个谁，那个谁也会闯入你的生活，每个人的生活中都会有或多或少的闯入者，或者成为闯入者，进入别人的生活。家人的去世，不过是作为一个长期的闯入者过早地退出了这种闯入关系，其实，一切都是早晚的事。

孙苿苒有时会暗惊丛龙思维里这种冷漠而直白的表达方式。如果面前的这个人是丛龙，那么那满面温柔摸着旺财的头跟它说话的人是谁，那个轻声念着驯服狐狸的人是谁，那个睡着了会笑着哭的人又是谁。

可是转念一想，他的话又不无道理。

龙的话向来是被镇过的井水，层次分明。

没人知道有个笨蛋会笨到去追火车，在那片开阔地上远远地随着火车的方向奔跑，直到跑不动了累得躺在草地上，听风吹过麦田的沙沙声，他觉得自己像那只狐狸，抬头寻找天上种花的星球。

在十七岁的时候认定了一个朋友他不知道太迟还是太早。

那个叫吕夏夏的女生是后来搬来住在隔壁。话语不多，笑起来有很天真的眼神，一扫开始见她时的警惕和脆弱。他喜欢她穿上粉色裙子，喜欢她一场大哭之后逐渐坚定的眼神，因为跟曾经的自己很像。记忆里总还有一些难以顾及到的角落。逐渐成为一种变相的心结。

高三临近毕业，天气一路走向炎热。知道龙可能会回来的那天，他拉着吕夏夏又去了那片开阔地，满天的夕阳，飞机低空掠过的瞬间气流，心里总期待着摆脱的一些东西似乎就要喷薄而出。

直到录取通知下来，龙却没有了消息。倒是家里那老头子，看着一单薄纸，声音里文艺地泛起一丝浑浊，苿苒……，这柔情一唤他担心的一幕出现了，这位顶天立地自居伟岸只为站着生不可坐着亡的血性汉子一把抱住他，手在背上猛然落下，上下游走大力抚摸……儿子！

你没有浪费我们孙家男人的好基因啊！继而大力拍之。

爸啊，疼……

孙父有段时间认定了自己的后半生最大看点可能就是去派出所领人的娱乐生活，却不知从什么时候起，这小子似一夜醒翻，虽然脚步跟跄，好歹也混到了大学生的庞大队伍。

儿子，这就去老谭家买酱汁叉烧去！！到厨房翻了半天，在大堆没怎么洗净的碗里找出只稍稍看得过去的，放到水龙头下冲洗，水花四溅，你小子跟你妈一样，都喜欢味重泛甜的口儿，当初你妈怀你的时候，我没少往老谭家跑，我都怕你生出来像老谭不像我，哈哈哈，当时还不敢跟你妈说，怕她骂我……

爸向来不是个瓷细人，弓起的背影略有老态。他开始觉得自己矫情。生生把那感觉吞咽下去，抓过饭盒，您别恩宠它了还是我洗吧。出了门，夕阳已斜，原来老头子们有时候很容易满足，而有些事情，始终无从简化。即使你大喊着不知道不记得，它还是原原本本在那里。比如感情。比如记忆。比如，吃叉烧。

孙茌苒考入离家较远的大学，专业相当不错。吕夏夏则去了完全的北方，偶尔联系，他们最终不是男女朋友，吕夏夏说因为我们本质里有些东西太过相像，孙茌苒说你让我捧着一颗心四处流浪，夏夏笑，你那是浪荡，他作哭倒状，我真不是个好人，多好一姑娘，说带坏就被我带坏了……夏夏踢他。

跟周围人一样，大一下学期他有了个漂亮女友，性情温宛可人，偶尔使使小性子，他感觉自己的心似乎获得了片刻的安宁，像停泊在大量船只的港口，自己是普通的一只，简单安全，而没有离群索居，没有离经叛道。还在那条路上。

大二时候，选修了电影欣赏，他还是一样懒散而漫不经心地过日子，用着中庸的调子。可有天课上看了一部电影，当时场内光线暗淡，一干同学昏昏入睡，影片古老，在对白的间隙可以听到窗外高大的梧桐树被风扫过，叶片摩擦着发出哗哗声，他听到主人公在独自远去的火车上念及朋友的那封信，"人生如梦，我们必将度过狼狈，无能且悲哀的青春，额头乍现第一道皱纹之时，我们领悟到的，是对于人生的信赖，及认同，亲爱的朋友，我了解你的一切，因此现在我想到你，会绽放笑容……"一时一股气息逆袭上喉头鼻息，颇多感慨无从言表。出得门来，发觉又是秋凉。

夜里他做了一场诡异缠绵的梦，梦里以前认识的人走马灯一样来了又去，龙的身影也在其间，仍旧是初见少年时的沉默模样，身形清瘦，眉眼细长，他走在他的自行车前面，回头时候有风轻轻吹开他的额发，他暗哑烫金的声音说，可以飞起来，跟赛车一样，也会有飞起来的感觉，目光坚定。眼泪却是大颗大颗不自觉下来。自己完全不曾意识。醒来后，已是中午，惆怅好久，女友打来电话，茌苒，下午看电影去？

　　……，去打电动吧……或者，图书馆也行。却再也不敢轻易陷入无边的黑暗之中。

　　可以飞起来。仿佛听到那个少年的暗哑声音，像个符号，挂在他的少年时光，仍旧是淡然之后的满满倔强和坚定的眼神。

　　他从来和自己不一样。从来都是。丛龙是阳春三月树梢上静静发出的小芽，那么，自己便是一只路过枝头的莽撞小鸟，转身扑向另一个枝头，扯开嗓门欢叫。同样是对春的表达，却从不曾一样过。

　　孙茌苒和丛龙就像两条直线，在一次喜庆的相遇之后，渐行渐远。

　　大二完结那年暑假回家，南方小城气候闷热如昔，如果不是那个脾气火爆被称作父亲的老头一天三个电话的咆哮，还真不想受这份火烤外加桑拿天儿的煎熬。

　　非常后悔！

　　从凉爽的空调车里下来更加后悔。温度舔着小舌猛窜，扇了扇衣领，眯眼环视四周，嘈杂的声音随热浪扑来，热到足够产生幻觉……海市蜃楼就是跟温差有关吧，那么面前那个瘦削的人影呢，也是吧，幻觉！细长眉眼，凛冽鼻弓，连神情也无趣到一致……幻觉好强大！

　　他转过身，叹口气，心里暗骂一句见鬼，又转回来。

　　突然就不后悔了。

　　大步向前，穿过人群。

　　日出前，还有好长时间，跟很多事情说再见。　♠A

红色羽毛

ILLUSTRATED BY 友惟

我飞跃高山 跨过海洋 与云朵相伴 与星辰同行 穿越暖暖的春 热热的夏 凉凉的秋 在寒冷的冬日 悄悄来到你身边
不是炙热的火 不是鲜红的血 是我心中小小的爱 将胸前的羽毛浸成红色
我愿意把它赠给你 在你需要的时候 它便是冰雪中暖暖的火 黑暗中亮亮的光 绝望中小小的希望

092

Return

黑熙

第一天

　　路的尽头是一片叫不上名字的低矮树丛，高度不到两米。密集的枝叶缠连成网，将沉重的积雪兜在树顶上，彻底地遮蔽了底下的光线。

　　柏睿在树丛前站了一会，扔掉手中的松枝，猫着腰，钻了进去。

　　他摸出手机，摁了个键，借着屏幕的白光，靠着粗壮的树干坐了下来。

　　光源很快灭了。

　　柏睿不知道自己在树丛里待了多久，意识混混沌沌。直到一小团雪掉在围巾上，迅速融化，渗了下去，才把他带回到现实世界。

　　树丛里并不太冷，柏睿搓了搓手，抬起头，依稀看到黑色树枝上白色的雪。他准备起身，左手撑到地面，指尖传来羽毛的触感。

　　身后不远处躺着一只鸟儿，浅色腹部，深色的背，左翅长伸，一动不动。靠前去仔细辨别，手机照明灯下的影子有细小变化，它的胸口还在微弱地起伏。

　　柏睿取下围巾，摊平在地面，叠了几层，才轻轻地把鸟儿捧在手中，慢慢地放到围巾上，再在它身上盖一层。

　　做完这些，他想了想，拿起手机，不假思索地拨了个号码。

　　"喂，向净，是我。抱歉吵醒你……你能不能来帮个忙……我捡到一只小鸟，它快死了……"

　　望着传出嘟嘟声的手机，柏睿用力闭了闭眼，按下重拨键。

　　"我不是在发神经。拜托你，我真的想救它，但我不知道该怎么做……"

　　"……好，我知道了。"

　　柏睿再次打亮手机照明灯，小心翼翼地把鸟儿连围巾一起捧在左手上，轻轻靠着自己的胸口。他穿过树丛上了大路，快步走到公园门外，叫了一辆出租车。又打了很多个查询电话，才找到一家过年仍然营业的宠物医院。

"开放性骨折。虽然因为天气冷伤口没怎么感染，但是附近的肌肉已经有干燥坏死的情况，而且它长时间没有进食，昨天晚上又下了那么大一场雪……能不能救下来要看运气。"医生一边给蓝背白腹的鸟儿处理伤口，一边抬眼看柏睿。"在哪里捡到的？"

"公园的树林。"

"你没养过鸟吧？"

柏睿摇头。

"这种鸟叫青鸲，学名蓝歌鸲，肉食性候鸟，这种时候应该早就飞到温暖的地方去了。不知道这一只是怎么回事。"受伤的翅膀上了夹板，医生助手也把葡萄糖水调好了。"买个笼子吧——我这里有，你可以去挑一个——你把它带回去，放在笼子里，平时罩上罩布，放在安静的地方。这两天先喂食葡萄糖水，待会你看助手怎么做，回家照做。等它有好转了，再让它正常进食……"

柏睿在电脑前坐了很久，直到起身去接热水，才发现天已经黑了。

在网上查了很多资料，对如何救治鸟儿有了些信心。他看着笼子上罩的黑布，忍不住掀开一角，朝里面看了一眼。

手机在口袋里振动，掏出来，屏幕上显示"向净"。

"喂。是我。"

"……我照你说的，去了宠物医院。"

"医生说要看运气，但是我觉得能救活它。"

"……没，我一天都没吃饭，忘记了。"

"……如果你方便的话。"

挂断电话，他看看四周，动作迅速地把所有杂物都收拾干净，垃圾打包扔到厨房的角落。再想想，又把落了灰的桌面都擦过一遍。

向净到的时候，油汀已经把房间烘出暖意，她肩头的大片雪花进屋后不多久就消失无踪。柏睿看着她，发了一阵子呆，才幡然醒悟一般从她手上接下所有的东西。

她笑笑，一边解围巾一边四下打量："你一个人过得也挺好的嘛。"

柏睿没有接话。

"怎么没回去过年？"向净坐在沙发上，把冻得发红的手伸到油汀上取暖。

"你不也一样。"柏睿把袋里的东西一件件拿出来，放到茶几上。

一袋是各种速食跟零嘴，另一袋是KFC外带全家餐，附送小玩具，柏睿失笑。"我去把东西热一下，你先暖暖手吧。"

向净打开电视，满是喜气的画面。听到微波炉"叮"一声响，隔一会热腾腾的全家餐端到桌前，向净倒好可乐，对他举起杯："新年快乐。"

"新年快乐。"柏睿同她碰杯，露出笑容。

第二天

早晨醒来后第一件事就是查看蓝歌鸲的情况。鸟儿没什么变化，呼吸仍然微弱。

柏睿准备好葡萄糖水，试一试温度适中，才小心翼翼地给伤鸟喂食。照医生说的，少食多餐，防止呕吐或逆流。

看着它没有光泽的蓝色羽毛，柏睿轻声说句加油，把它放回笼里，罩上罩布，才去卫生间洗漱。

向净在十二点前敲响大门，进屋第一句话就是问小蓝怎么样了。头天夜里她给鸟儿喂食时为它起名"小蓝"。柏睿关上门，看着已经凑到笼子跟前的背影，说哪有那么快。

向净确认下时间，给小蓝喂食。问柏睿饿不饿，然后去厨房煮了两人份的水饺。

"其实我觉得挺意外的。"

"嗯？"柏睿正准备把最后一个饺子送进嘴里，听到这句话，便停下了筷子。

"我开始以为……唔……反正挺意外的，没想到你会这样认真的要救小蓝。"

柏睿去厨房盛一碗饺子汤，说："我在你眼里是那么无情的人啊。"声音混杂在团团的蒸气中，仿佛也蒙上了一层潮意。

向净等他回到桌前，看着他笑一笑："你只是比较自私而已。"

喝汤的动作停顿了一下，才又继续。

隔一会女声问："你有没有打电话回家？"

"没有。"柏睿起身，到厨房洗碗。

"他们总会挂念你的。"

"不知道要说什么。"另一只碗递到他手边，他侧过头，正对上她清亮的眼睛。他愣一下，避开了。

"你这个人，真不是一般的自私呢。"女声回到了外头房里，"不过，反正那是你的生活，我无权干涉。"

电视的声音响起，冲散了多少有些沉闷的气氛。

"下午你打算干吗？"

柏睿在毛巾上擦干双手，想了想："没打算。就待在家，照顾小蓝。看电视，要不上网。"

"晚上有灯会看呢，要不要去？"

"没想法。到时再说吧。"

过一会，向净站起身来。"我一会还有事，不陪你了。晚上你要是想去看灯会，打我电话。"

第三天

柏睿揭开罩布一角，第十一次查看笼内的情况。

小蓝静静躺在里面，丝毫不见起色。

柏睿坐回电脑前，继续搜索救治伤鸟的资料，但大多雷同，没什么新内容。他扔开鼠标，拿起手机，拨宠物医院的电话。

"医生，三天了，我的蓝歌鸲一点好转都没有。"

"……嗯，没有呕吐跟逆流……"

"啊！？好，我知道了，我马上去买。"

到楼下超市买了一瓶亨氏牛肉胡萝卜泥。半流质的食物没有葡萄糖水方便，费了很大的力气才喂进去。摸到嗉囊稍有鼓起，柏睿才放下心。

电脑音箱忽然发出杂音，显示器旁边的手机振动起来，屏上亮着向净二字。

"喂。"

"……没什么变化。我打了电话给医生，他说要喂高蛋白的食物。我刚下楼买了一瓶亨氏肉泥。"

"……你笑什么……"

"……"

"你今天晚上有空吗。"

"没什么……想去看看灯会。"

"……嗯，好。"

七点半手机准时振动，柏睿没有接，直接穿上大衣系好围巾，确认该带的东西都带了，出门。

楼下超市门口，向净正望着不远处的车流，眼神渺远。有风吹过，她缩起肩膀，闭了闭眼，然后转过头来。

柏睿走到她跟前，眉间一个浅浅的川字。"怎么不穿多点？"得到的回答迅速而客套："谢谢关心，我不冷。"

隔一会她说："走吧，再晚一点人多起来，挤都挤不进。"

马路对面不远处公园门口已经灯火辉煌，人头攒动。

"幸亏这边不是正门，不然大概会挤死。"通过大门的人流作三路分散，向净选择了人最少的一路。"真是好久没有看灯会了。"

柏睿看着她口鼻间呼出的白气，笑了笑，没有搭话。

她忽然快步走前，从口袋里掏出个东西。咔嚓咔嚓连响几声，柏睿眼前一片白光。

"是你打电话叫我来看灯会，有点自觉好不好。你自己看！"

相机被塞到手里。一张张翻过去，全是眼神呆滞毫无生气的脸，丑到让人忍俊不禁。

"怎么删……实在太丑了……"柏睿找到了删除键，才清掉一张，向净就哇啦大叫着过来抢："不行不行，我要留着做罪证！"

"别想……"柏睿闪躲着向净，在间隙里又删掉一张。看她缠得太厉害，索性找个空档几大步跑到前头，一边跑一边摁键。等向净追上来，他已经站在路边，两手插在口袋里，好整以暇地看着她。

"相机还我啦。"她站在他面前，有点喘，"不然待会会你去拍灯。"

他微微一笑，走到她左边，握起她左手，塞进自己大衣口袋。向净愣了半秒，挣扎了几下，没能挣脱。

"你上一次看灯会是什么时候啊。"走马观花地从造型各异的展台前经过，柏睿问得有点心不在焉。

"就十八岁那次，偷跑出来，跟你一起。结果你根本就没认真看，一路上都在说年后的漫画展，要怎么安排社里的人员，分几批去看展什么的。"

"……你记得这么清楚。"

"我也不知道为什么，跟你有关的事情，都好像用记号笔写在脑子里。"

柏睿停下来，仰望着占据了一整个草坪的巨大龙灯，眼睛里都是金色的灯光。

"相机给我啦！"向净抽出一直插在他口袋里的左手，伸到他面前。柏睿从左口袋里拿出相机，放到她手上。拍完龙灯，她又去拍其他的，人流从她身边经过，朝出口涌去。

一阵风刮来，柏睿缩了缩肩膀。

第四天

起床的第一件事情仍然是掀起罩布，查看笼内的情况。小蓝依旧没什么变化。

早九点，几滴葡萄糖水。十点半，几滴牛肉胡萝卜泥。中午两点，葡萄糖水。三点，牛肉胡萝卜泥。

四点四十，手机振动。向净。

"喂，不要问，根本没反应。"

"我不知道，我又不是医生！"

"我打了电话，他没说什么有用的东西，就叫我耐心一点……"

"我不想它死你懂不懂！"

柏睿望着通话被挂断的手机，用力把它摔到沙发上。

五点二十五，门被敲响。向净站在门口，看他一眼，侧身进了房间。

"我只想说一件事，如果你开始不耐烦，就把小蓝给我。你花的那些钱，我照付给你。"她站在屋中央，定定地看着他，语气平静。

100

"我没有不耐烦……"

向净掏出手机。"我懒得跟你争，你自己听。"

录音是之前电话里他说的最后一句。

满室静默。

"我声音大点就叫不耐烦！？"

"不是，你只是声音大。就像现在也不是，你只是恼羞成怒。"

柏睿站在门口，手捏成了拳头。

"多少钱？两百够了吧？"她从钱包里抽出两张一百，扔到沙发上，找到一个塑料袋，把葡萄糖粉跟牛肉胡萝卜泥扔进去，放进自己的背包，然后走到桌前，准备提起笼子。"我不知道你为什么要救小蓝，现在也不想知道了。本来以为你变了，虽然显得很没精神，总好过以前那样粗暴霸道……看来我果然还是头脑太简单。"

"……你说得没错，我不辩解。我只是有点着急……"

"我不相信你。"向净的表情跟声音，都冻成冰。"你哪次不是这样？事情一不顺利就乱发脾气，要么怨天尤人，要么干脆埋起头逃避！

"我从十七岁就跟着你，大学毕业跑来这个完全陌生的城市，到现在七年了，你扪心自问，有几次你能好好地面对眼前的困难和不公平？有几次我没给你收拾烂摊子？我现在不想管你的事，我现在学乖了，在你控制不住自己的坏脾气之前就把小蓝带走，免得你到时又后悔，够客气了吧！？"

柏睿猛地一拳捶在门上："不要说得好像这七年都是你的恩赐！如果不是为了想要给你更好的生活，我为什么要放弃当漫画家的理想，去做那狗屁的广告！？你知不知道在做那些自己完全没有感觉的东西的时候我在想什么？我心里一边笑一边庆祝，柏睿，你又一次成功地杀死了自己！"

"抱歉我不知道原来你这么伟大，我对你的奉献和牺牲报以无上的敬意。既然你这么崇高，就去拯救更多的人吧，相比之下小蓝不算什么，麻烦你高抬贵手。"

突如其来的沉默横亘在二人之间。柏睿转过身靠在门边，闭上眼睛。

"你为什么一定要把小蓝带走。"声音失去了之前高涨的怒气，疲惫而无力。

"为什么我不能带它走。"

"我现在不知道要怎么说……可不可以过段时间再告诉你？"柏睿走到沙发前坐下，望着向净，"我们半年没联系过了，可不可以不吵架？"

向净走过去坐在他旁边，把手放在油汀上。"老实说，我半年前的记忆都是……除了吵架，我们就没话可讲。"

"……我好像失忆了，对什么都没印象，半年前发生过什么，都不记得。记得的只有那种……强烈的自我厌恶。每一次心浮气躁把事情搞糟，或者中途丢手不管，然后跟你吵架，心里一边在辩护，另一边就更加讨厌自己。"柏睿垂下头来苦笑。

向净许久没有应声，目光穿过茶几，落在不知名的点上。

"哎，告诉你一些我没说过的事情吧。"过了五六分钟，她偏过头看着他侧脸，突然说。

"嗯？"他也偏过头来看着她。

"我那时加入漫画社，其实是做了很多准备的。"

"高二的时候，学校搞了个绘画比赛，你记得吧。你得了二等奖的。我每天都会在布告栏前站很久，仔细地看你临摹的那张仕女图。能用毛笔勾出那么细腻流畅的线条，对当时的我而言，是很不可思议的本事。"

"我把你的名字跟班级牢牢记下，然后有一天就听到班里男生说起你。说你会画漫画，很厉害，还办了个社团。我问他们怎么加入，他们问我会不会画画，说社员都是有一定美术功底的。"

"那时我真是疯了一样的恶补漫画知识，最后终于给我找到了办法。"

柏睿起身去厨房拿两个杯子，接两杯热水，递一杯给向净。"这个我记得。最后直到社团解散，你还是惟一一个以写剧本的方式入社的人。"

向净笑了笑，接过水来，喝了一口。"其实我那时真的是非常非常佩服你。好像精力永远也用不完，参加各种比赛，做社刊，办活动，还没有丢下学习，简直是超人。"

她顿了顿，清亮的双眼对着他的双眼，问："你现在，还记不记得那时的感觉？"

他垂下眼睑。

"我很想说我从来没有忘记过……"

向净打开背包，取出装了葡萄糖粉和婴儿食品的塑料袋，放到茶几上。"并没有一定要带走小蓝的理由，我只是……不希望你又多一项后悔。"

第五天

柏睿大半个晚上都在辗转反侧，直到天蒙蒙亮才迷迷糊糊睡着。不知隔了多久，有种细微的声音开始阵阵作响，仿佛就贴在耳边，让他不得安生。

他在被子里烦躁地翻身，然后倏地睁开了眼睛。他跳下床，几步跑到鸟笼前，揭开罩布的一角。

小蓝在里面使劲挣扎，想站起来。也许是因为体力并没有完全恢复，或是还没有拆掉夹板的左翅让它不习惯，它总是无法保持平衡。柏睿来不及惊喜，立刻打电话给医生，然后照着他的交待来做。

向净闻讯赶来的时候，第一轮喂食刚刚艰难地完成。小蓝除了断翅，整个身体都被白纱布裹了起来。

看着柏睿泛起血丝的眼睛，向净把他推进里屋："你去睡吧，今天我来照顾小蓝。"

柏睿躺到被子里，又不放心地坐起来："医生说喂食两三次以后可以试试松绑。如果它能站好，明天就能正常进食。还有，它现在比较容易受惊扰，没事不要去揭罩布。"

"好，我会注意的。你睡吧。"

柏睿被食物的香气叫醒。他穿好衣服到厨房，看到向净在忙碌。

"起来了正好。赶紧去洗漱，马上就吃饭了。"

"小蓝怎么样？"

"松绑了，精神挺好的。我下午出去买了面包虫，明天可以给它吃。"

"嗯。"

洗漱过后柏睿回到房间，饭菜在桌上冒着热气，向净在等他。

"你们公司放假到几号？"向净问，"我初七就要上班，就是后天。"

"……我辞职了。"

向净停下正在夹菜的筷子。

"他们容不下我，我也不想看到他们。"

"那你接下来……怎么打算？"

"再说吧。走一步看一步。"

饭后柏睿准备去洗碗，被向净拦下来，于是变成只帮忙把洗净的碗擦干。

"继续画画吧。"向净洗着碗，突然说，"我看到了你放在柜子里的压感笔，笔头都磨平了……下午上网找资料，发现你电脑开着……你的 CG，虽然风格不太符合市场的要求，但如果你愿意，我可以去跟我们杂志的美术总监推荐一下……不过我只是个文编，决定权不在我。"

"……怎么样？"她看着他，眼神中竟带些忐忑。

"……好。"

向净走之前给小蓝喂了一次食。柏睿坐在沙发上，面对又一个无法入眠的夜。

他关掉电视，从柜里拿出压感笔跟绘图板，坐到电脑前，画了一整晚的画。

第六天

天亮后才睡的柏睿被一阵响声惊醒。

他揉着干涩困倦的眼角打开卧室房门，立刻冲到了放着笼子的桌前。

鸟笼掉在地上，笼门开了一半，小蓝在地上拼命挣扎。柏睿不知道是怎么回事，他小心地捉起背部蓝色羽毛，腹部白色羽毛的鸟儿，用自己的手，制止它过大的动作。

然后他发现，小蓝的头，不受控制地往右边偏。

他坐在沙发上，一直望着手中的小生命。它坚持了两个小时，经历了一段短暂的回光返照，渐渐地安静下来，闭上了眼睛。

向净到的时候，小蓝的羽毛还有微微的温度。

"结果……我还是没能救到它。"

"怎么会这样？"她蹲到他跟前，看着小蓝逐渐开始僵硬的身体。

"……也许是它不愿意被关在笼子里，所以拼命想出去，最后笼子从桌上掉了下来。"

"……"

"向净，陪我去公园一趟好吗。我想把它埋在捡到它的地方。"柏睿站起来，把小蓝轻轻放在向净手上，"你等我一下，我去换衣服。"

"好。"

天彻底晴了，蓝得没有丝毫瑕疵，看起来干净得不可思议。

一前一后的人影顺着公园林中的小径前行，带路的男人手中的蓝羽毛小鸟，引来了路人好奇的眼光。

柏睿站在小径尽头，回过头来等待向净，在她离他两步远的时候，弯身钻进了树丛。

"你怎么会在大年初一的早上跑到这种地方来？"

"……大年三十离开了公司……新年的第一天，觉得自己无处可去。"

"……这里面……多少有点阴森呢。"

"嗯……"

柏睿找到了那棵树，却发现地面太硬，没有工具，根本无法挖出坑来。"这里……不能埋吧。"向净的声音响在身后。

他抬起头朝上看："我想，小蓝可以待在上面。"

二人找到一处几乎完全不透光的地方，用力拉开层层叠叠的枝叶，把小蓝放在了一个稳当的位置，然后再把枝叶都恢复到原位。

"休息一下吗？我觉得有点累。"

向净依言靠着树干坐下来。

良久，柏睿的声音开始轻轻起伏。

"你问我为什么不能带小蓝走，我给你讲一个故事。你是第一个听众。"

"很久以前，有个十岁的小男孩。没有课的下午，他总是被关在家里做作业。有一个下午，他的生活里出现了奇迹，一只不知名的小鸟从窗外闯进了房间。他发了一会呆，然后立即关上所有的门窗，想要捉住它。

"他想了很多办法，终于用床上的毛巾把小鸟扑了下来。他用一根棉绳绑住了它的一条腿，另一头拴在自己的手指上。开始小鸟不停地飞，不停地从半空中掉下来，他觉得很快乐。但是过了不久，飞累的小鸟倒吊在半空中的模样，渐渐让他觉得不舒服。他把它放在手掌上，对它说很多话，希望它能听懂，乖乖地留下。但鸟儿只是一次一次作着徒劳的尝试，并不理会他。

"他开始生气，然后越来越气，在小鸟不知道第几十次的飞行尝试时，抡起绳子用力甩，不知道转了多少个圈。他想我把你甩晕了，你就飞不起来了。他中途停了两次，一旦觉得鸟儿有一点点飞翔的意思，就又甩起它转圈。

"最后一次他用力过猛，小鸟狠狠地撞在书桌上，发出一声闷响。小男孩立刻就慌了。他把它捧在手上，发现它没有出血，也没有死。他把小鸟放在地上，希望它能站起来，却发现它只是躺在那里不断挣扎。

"他想也许是那一下撞得太重，它一时恢复不过来，就把它放到书桌上，一边做作业，一边看着它。等他作业做完，小鸟变得精神起来，能够站稳了。他很开心，期待它能恢复得更好，却只等来它的死亡。

"向净，这个小男孩长大以后，发现自己总是不断重复着对那只小鸟做过的事情，不断地毁坏着明明想要珍惜的东西。所以，当他觉得自己无路可去的那天突然捡到一只受伤的小鸟，他就忍不住想，这是不是冥冥中的指引。"

"讲故事的人，你觉得呢。"发出问题的女声里，透着奇特的温暖。

"不知道啊……我不知道……"

"回去吧。好好睡一觉，什么也别想。"

第七天

"柏睿，晚上有没有时间？我请你吃饭。"

"我请你吧。还没来得及谢你。"

"等明天你见了我们美术总监再说谢吧。"

"……好。"

♠A

藏

DESIGN BY 瞿尤嘉

假设某个细节匍匐在利刃之内，隐藏了安定的血液，那么危险是不是也可以化为温柔流质。

窥伺所谓的疆耗，你陷入反复的境地，看不清这个雾水涟涟的世界。

也许表象是深海花园，也许是星空中的清澈见底。

♠A

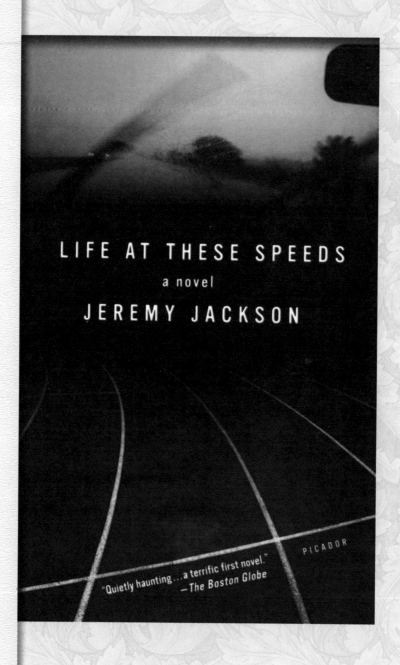

LIFE AT THESE SPEEDS

a novel

JEREMY JACKSON

PICADOR

"Quietly haunting...a terrific first novel."
—The Boston Globe

LIFE AT THESE SPEEDS
A novel

Jeremy Jackson

黄少婷　译

1

鲍比正要从校车上下去。锅盖头揽过鲍比的肩膀说："你跳高吧。"

锅盖头是我们的教练。我们叫他锅盖头是因为他的平头活脱脱就是个色拉酱锅盖头的形状。我们并不知道"锅盖头"是士兵的昵称[1]，那时我们十三、四岁，正在布里斯维尔初中参加初中二年级的田径运动会。我本来是跳高选手，但我跑得也很快，今晚锅盖头要我跑1600 米接力、3200 米接力和 800 米，我只能参加三个项目，所以我就不能跳高了。那也不错，我讨厌跳高。但基本上，跑步和跳高我都很讨厌。

锅盖头人高马大，身高大概两米出头了。他头发是金色的，但眉毛却是棕色。这样的眉毛很少见，当他叫鲍比去跳高时，他把眉毛拧作一团，好像在威胁一样："你去跳高。"我和艾莉·巴特彼特（以及艾莉·巴特彼特的胸部）坐在接近车尾的地方。

鲍比噔噔噔地跑下车，从我的窗前经过，还一边骂骂咧咧的。我很欣赏他的词汇量。我们有点像对手，只因为我们太过相似而没法做朋友。但是我一直知道，不知为何，某些地方鲍比就是不对劲，就是比我差了一截，或者三截。今年我找到了原因：我跑得更快，跳得更高，而且我有艾莉·巴特彼特。

艾莉用她的 T 恤扔我。我捡起来闻。她笑了。锅盖头走下车，车摇晃了一下。艾莉还在朝我笑。

"他真是个大个子。"特洛里在他的座位上说。

"真他妈的废话，特洛里。"我回答。

很奇怪特洛里从来不扁我。我天天拿他开玩笑。但那时候我很受欢迎，很搞笑，而且能在恰当的时候表示友好。我那时是个自大狂，但我自己并不知道。

我们铺上毯子躺在山坡上，下面就是赛道。我和艾莉躲在一条毯子下，其实挺暖和的。锅盖头朝我们走来，就像一根金发碧眼的图腾柱。他举起笔记板。

"杰米也来了，"他说，"和你一起跑 800 米。"

上星期在海利阿斯初中，我用 213 的成绩打败了杰米。那是我惟一一次打败他。锅盖头今晚希望我赢，他想让我把杰米碾成碎屑。锅盖头讨厌普特顿中学。

---

[1] Jarhead经常被用于称呼美国海军陆战队的士兵，因为每个新兵入伍后，都会迅速被理成这种发型。

锅盖头说："今晚我希望你赢。我想让你把杰米碾成碎屑。我讨厌普特顿中学。"

"我会赢的。"我说。

"你的鞋钉有多长？"锅盖头问道。他在我身边蹲下来。我不得不从毯子下伸出一条胳膊检查我的鞋。

"六毫米。"

"很好，"锅盖头说，"尽力而为吧。"

"我会的。"

我们的校服是蓝色的。太阳已经下山了，运动会将在夜空下举行。高中生的汽车从赛道旁的白色沙砾土地上驶过。为什么会有一种泥土的味道，弥漫在寒冷的空气中？

我跑了3200米接力当作热身，调试我的跟腱。我们列第三，紧随普特镇中学和布里斯维尔初中之后。我是全队的中流砥柱，我跑得最快，鲍比也跑得不错，但其他两个却跑得很慢，所以我们的接力赛很少能赢。跑完之后，我走过终点，走到场子里，锅盖头一个人站在那儿像个弃卒。他记下了我们每个人在接力赛中的分时成绩，鲍比是2'19，我是2'17。但我还没用上全力。

杰米跑了第三棒，成绩是2'07。

"他会把力气都跑光的。"锅盖头说。

然后他把我从1600米中撤下，换上了鲍比，"我们要让你保持充沛的体力。"

我和他仍然站在远离其他人的地方，赛场的灯光从他前额的凹陷处反射出来。

"赛道怎么样？"他问道。

"又松又干。"

布里斯维尔初中拥有标准的狗屎煤渣赛道。他们让我们穿上六毫米的钉鞋。锅盖头从夹克衫里掏出一包白色的东西。"给，"他说，"十二毫米。没人会注意的。"

所以我坐在内场，把十二毫米的鞋钉拧进我的耐克鞋，锅盖头站在我旁边。然后锅盖头叫我去跳高场通知鲍比，为了让他休息他得跑1600米接力。

"我讨厌那个接力。"鲍比说。鲍比真的很有风度，锅盖头把我的烂摊子都丢给了他。

这时杰森走了过来。"喂，"他对我说，"你爸妈来了。"

没错。他们坐在露天看台顶上的角落里，坐在他们小小的屁股垫上。

我朝爸妈走去。

"嗨。"我说。

"你已经跑完1600米接力了？"爸爸问，他看上去很魁梧。

"没。教练把我换下了，让我好好准备800米。"

"啊，很好。"爸爸说。

"他们让我保存体力。"我解释道。

妈妈递给爸爸一个熏肝香肠加干酪的三明治。她从保温壶里倒了杯咖啡给他，问我要不要也来点。

"不，"我说，"化学药剂，你知道的，运动员不能喝这些。"

我又躺回毯子上。

"艾莉，"我说，"去和我爸妈聊聊。"

他们觉得艾莉很乖、很讨人喜欢。艾莉很善于应付成年人。她很聪明。

"好吧，"她说，然后站了起来。我听到有选手撞上栅栏。在艾莉蓝色的运动裤背后，赛道上斑驳的条纹环绕着撞球台似的内场。夜色在这一切之上，它悠然自得地从连着锁链的篱笆上缓缓升起。

我望着艾莉的脸庞。她正朝我微笑。有一次我们在家后面的树林里约会，她把我带到冲击平原上的悬崖，她告诉我那里的景色如何包含了三个郡的山丘。我常常做白日梦，想象和她往树林深处走得更远。

"我回来的时候，"她说，"你要决定是波士顿还是蒙大拿。"

看，我们正在计划将来住哪儿。我们正在计划我们的成年。

"好吧。"我说着咬咬牙。我望着艾莉流转的笑容，我望着她走路时无力晃动的双臂。她逐渐往前走，穿过跑道，内场，接着又穿过跑道。她登上露天看台。她张开双臂，就像耶稣在他"不要忧虑"寓言结束时的动作那样。她对他们说了些什么？我希望她快点回来。

在波士顿和蒙大拿之间，我偏爱波士顿，但我知道艾莉喜欢蒙大拿。我的答案是两个都行。

艾莉去看台的时候，我和威尔走到厕所后面抽烟。杰米和他的两个同伴从我们身边经过，我不知道他们在厕所后面走来走去算是什么意思。

"当个败类感觉怎么样？"杰米问。

我以为他在和威尔说话，威尔是个货真价实的败类，但是接着，他在我面前停下了脚步。

"我不担心，"我说，吐了口烟。我应该说，"有个女人的名字感觉怎么样？[2]"但是我不想被揍成肉酱。

我和威尔从回来时，艾莉也回来了。

"你抽了烟，"她说，"嗯，让我亲亲你！"

我把她推开。"亲威尔。"我说。

威尔笑了。艾莉尖叫着打我的肩膀。我捏她的屁股。这真是件开心的事。

"我的化石们怎么样？"我问。

"你爸妈很和蔼，"她说，"你应该对你爸妈好点。"

我爸妈在这儿，就意味着我不能坐校车回家了，就意味着我不能在车上吮艾莉的脖子了。我看到他们穿着皮大衣拥作一团。他们向我挥手，我也向他们致意。

"操操操。"我说，我已经等不及想赢 800 米了。"伙计们都是第三名，我得去抽根烟。"我一跃而起，抓住威尔，因为只有他身上有烟。鲍比站了起来。

"一起去？"我问。

"毫无疑问。我带了好东西。"

在厕所后面，我们点上烟，踱着步。

"冷得屁股都冻僵了。"威尔说，但是没有人发笑。

"大伙儿，"鲍比说，"看这个。"他把手伸进夹克，接着僵住了。

杰米和另外两个家伙站在角落里，其中一个家伙还长着络腮胡子。我们默不作声，他们也默不作声，但是他们径直朝我们走来，我们背后是白色的煤渣砖墙。

里面传来冲马桶的声音。这让我无比英勇。

我说："我会打破 210 的纪录。也就是说你会得第二的，我猜，或者第三。"

杰米的脸抽搐着。我感觉一旁的威尔缩了一下——他讨厌打架。

杰米稍稍踮了踮脚，从他的肩膀上看过去，然后指着鲍比说："你夹烟的样子像个小孬种。"

---

[2]
这里指杰米·托弗森（Jamie Torffelson）的名字很女性化。

这是真的，我承认。这是真的。

"什么？"鲍比说，然后他扔了他的烟，"你有种再说一遍？"

我接着抽烟，缓缓地一口一口。我觉得沉稳老练是关键。"走吧兄弟们，"我说，"我还得去打胜仗呢。"我用脚跟把烟踩灭。

"没门儿，"鲍比说，"我要这个混蛋把他刚才的话再说一遍，我要把他的脸砸个稀巴烂。"

"我很愿意，孬种。"

我用手臂缠住鲍比的肚子。"走吧。"我说。

"他妈的没门儿。"

"给我根烟，孩子们。"有人说。我看了看，是特洛里，他像个桶一样地走了过来，仿佛一座碉堡，他来到角落里，"给我根烟。"威尔递了根给他。笑了。

"你们都想抽烟吗？"特洛里问杰米的帮伙。

"不想。"杰米说，然后就和他的朋友们走开了。

我抓了抓自己的额头，用一只脚抵住身后的墙壁。

"我刚才看见他们回来，"特洛里说，一边揉着他的骆驼香烟。他还没点上就把它扔了，在上面踩了两脚。"走吧，800米已经叫过一次了。"

我等着鲍比谢我。但他没有，于是我跟着特洛里走了。

我腿上的汗毛竖了起来。这个夜晚只有十度。我按摩了一下小腿肌肉。

锅盖头走上前，微笑着说，"这次一定会成的，一定没问题。"

"很好，"我说，"没问题。"

"开跑前不断移动，"他说，"在起跑点不断慢跑。如果你不这么做的话，低温会让肌肉变僵的。"

"没问题的，教练大人。"

"很好。"他说。

"好得很。"我说。

然后我得去小解。我跑进厕所。又跑了出来，轻轻晃动放松着手臂，这时鲍比出现在我面前。我们一起沿着跑道后面向起点处慢跑。四周一片沉寂，只有我们的脚步声。

"让我跑吧。"鲍比说。

"没门儿。我要打破210。"

"他妈的。"他说。他拿出什么东西给我，是两根大麻。

"你到底从哪儿……"我问。

"有个孩子让出来的。"

我闻了闻大麻。它们是真的。

"我可以把这些给你，"鲍比说，"只要你让我跑这场比赛。我想打败杰米那个混蛋。我做得到。"

"鲍比……"我说，但是我想起了下星期的舞会，也许可以和艾莉一起……等等等等。我不在乎锅盖头怎么想。他要我退队我就退。反正我讨厌跑步和跳高。

"好吧。"我说。

"把你的钉鞋给我，"他说，"我的鞋钉已经拧下来了。"

我们坐在跑道上，交换了鞋，然后继续无言地向起跑线走去。

"卡腾中学，凯文·舒勒，"发令员说，"第六道。"

鲍比站在第六道上。我四处张望寻找锅盖头的身影，他正站在远处终点线旁。这里并不是标准跑道，所以800米不是两圈，而是一又三分之二圈。

"等等孩子们，我需要耳塞。"

一个蹦蹦跳跳的女孩跑过内场去拿耳塞。鲍比向我示意。我从内场对面望去，锅盖头正朝我们大步走来，一边还指着鲍比。锅盖头大叫起来。蹦蹦跳跳的女孩从锅盖头身边跑过，把耳塞递给发令员；他把一个塞进耳朵，往后站，对计时员示意，说："预备！跑！"然后枪声响了。

接着，疯狂的事情发生了：鲍比第一个起跑，抢完跑道后他位列第二，紧随着杰米。锅盖头在我身边停了下来，他的头摇得像台海军大炮。他微微张着嘴，大概刚好能容纳一朵玫瑰花蕾。很快我们就发现鲍比明显跑得不错，于是他说，"那就是你啊。"

"对，就是我。"我表示同意。

"你跑得粉好。"他说。

"我跑得很好。"我纠正道。

第一圈，鲍比紧紧追着杰米。他经过我和锅盖头身边时，我看了看锅盖头秒表上的时间。这对鲍比来说是超常发挥。锅盖头甚至都没有看时间，"好好干！"他喊道。我跟着锅盖头穿过内场，向终点跑去。我望着鲍比和杰米，鲍比与杰米比肩了，并且还在向前冲。我几乎被打动了，但杰米在弯道处把他甩到了后面。然后，到终点直道时，他们都绊了一下，失去了平衡，跑道上的煤渣被高高踢起。杰米摔倒了，鲍比则继续往前。他以201的成绩冲过终点，并且向后望了一眼。

锅盖头把他的笔记板朝看台扔去，使劲摇着鲍比。"老天啊太棒了！"他喊道，"老天啊太棒了！"

锅盖头松开鲍比时，我以为他会像帆布一样瘫倒在跑道上，但是他站得笔直。他把两手放在脑袋上，手指交叉在一起。他穿过挤作一团的教练和计时员，向他走去。他用鼻孔喘着粗气。我看到他的腋毛比我多。

"真是漂亮的一仗。"我说。

"有人询问官方时间。一个计时员指着起跑登记表：'卡腾中学的选手……凯文·舒勒。'"直到这时我才意识到我，凯文·舒勒，现在是州800米纪录的保持者。这是我的第一个纪录，也是最轻而易举的一个。

一个裁判把锅盖头拉走了。"把选手带过来，"官员说，一边指着鲍比。我跟了过去。突然，艾莉用手臂围住了我。这一刻除了她之外，我什么都不在乎。我想告诉她我口袋里有大麻。

"你的选手用鞋钉扎伤了杰米。"普特镇中学精瘦的教练说。

锅盖头摇了摇头，说："你们的小孩在他超过的时候绊他。"

发令员、三个裁判、几个教练，还有一群选手挤成一团。杰米坐在跑道前方三十米处的地上，他的右踝上有几道很大的伤口，煤渣和血把他的膝盖和手掌染得黑红相间。我们向他张望的当儿，两个戴着橡胶手套的急诊医生把他扶起来，带走了。"别被他们骗了！"他喊道。

"我亲眼看到的，"锅盖头说，"你的选手绊了我的选手。如果你在看的话这可是一清二楚的。"

"确实是。"有人说。所有人都转过头去。发话的是我爸，手里还拿着黄色的望远镜。"我看到普特镇中学的选手绊了卡腾中学的孩子。"他说。

所有人都沉默了。

"先等等，"发令员说，他是所有当地运动会的发令员，"这个孩子"——他指着我——"不是凯文·舒勒吗？"

"呃，不是，"锅盖头说，他把手放在鲍比的肩膀上，"这才是。"

没有人扭头。发令员叉起双臂。鲍比弯下身。

我拉着艾莉走出人群。她在一旁笑着。"看，"我说，"他的鞋。"

我们都望向他的鞋，连鲍比自己都在看。他的鞋，确实，左脚的大拇指处有一条条的血迹。下面是只有天知地知的十二毫米鞋钉，正是这些违规的鞋钉扎伤了杰米。我知道没人会看到那些，但是我知道它们在那儿。我知道这件所有人都不知道的事。

但是其他人看到的东西却很引人注目：钉鞋的脚跟处有我妈写的圆体字，K·舒勒。

艾莉捏了捏我的腰。

发令员点了点头，"好吧，"他说，"好吧。纪录有效，我们可以回家了。这么冷的天除非逼不得已，实在没必要待在这儿。"

"冷得屁股都冻僵了。"我说，有几个人笑了。所有人都转身离开。艾莉用脑袋蹭我的脖子。

我和爸妈坐米色的雪佛兰赛欧回家。我们跟在校车后面，开到麦当劳，然后超了过去。我明白了：普特镇中学的校车已经在那儿了。我们朝着哈迪斯驶去。

"城里最好的饭馆。"我爸说。

我告诉他们最后一刻我的腿抽筋了，所以锅盖头只好换上鲍比。"抽筋，你们知道的。莫名其妙。"

"下星期你还能赢。"妈妈说。

我们跟着校车停在哈迪斯饭馆门口，这时爸爸点了点头，"我知道在最后一刻被换下场，而赢不了比赛是什么滋味。我知道那不好受。"

"我无所谓。"我说。

后来爸妈在哈迪斯可亲可敬地隐藏形迹了。我给艾莉看了大麻，她吻了我。"我亲的是你，"她说，"不是大麻。"我们队在运动会上的排名倒数第一，但是我们现在关心的只有食物，温度和彼此。"我们不太像一个团队。"我向艾莉坦白。

"该走了，"锅盖头喊道，"我们得在午夜前赶回家。上车吧！"

在校车后面的阴影里，艾莉吻着我，我吮着她的脖子，她把我推开，热切地望着我。

锅盖头从车门探出身子。"快上车！"他喊道。

艾莉吻了吻我转身离去。"给我打电话。"她说。我们总是这么做：凌晨两三点给对方打电话。

我把她拉回来。

我说："蒙大拿。"

我坐在汽车后座上，爸爸紧跟着校车。"利斯教练加速了。"他咯咯地笑着。

"超过他们。"我说。

妈妈睡着了。

"在过桥前超过他们。"我说。

爸爸在一段直道上超过了他们，紧接着就上了桥。这时妈妈醒了。

"今天晚上过桥开慢点。"她说。桥很湿。我能听到积水溅起的声音。我望着月光下的奥赛治。这是条开阔的河流。桥很高。我想知道站在这座条桥上，是不是能够一直望到贝格内尔水坝。我躺了下来，然后睡了过去。

那天晚上两点我拨通了艾莉家的电话。是她爸爸接的，"警官吗？"他问。

"你看，"我悄悄地对特洛里说。运动会过后的一周，他全身裹着纱布和干燥板，躺在病床上，"现在只有我们了。只有我们。我们是仅存的成果。我们会让这个世界看到的。"

尽管他有软垫——他的体重使他在撞到车椅和队友的骨头时得到了缓冲——但是他还是死了。在四五月难以入眠的夜晚，我坐着，历数着我失去的东西：我的钉鞋、我的田径队、我的女朋友、我的教练。我想象我的队友们在奥赛治河底挣扎着，吐着气泡，然后只有特洛里一个人摇摇晃晃地浮到水面上。很快就到了仲夏。我历数着我得到的东西：两根大麻烟、一个州纪录，还有鲍比的训练鞋。

困扰我的是：当你在顶端的时候，你的上面空无一物。

"不要朝下看。"他们如此对恐惧高度的人说。

我的新座右铭是："不要往上看。"

我害怕低处。

2

但是大多数时候，没有人去想。

即使在八月，也没有人去想。开学那一天，我径直走到卡腾中学。

正当我打算走进体育馆的时候，布里尔校长把我推开，仿佛我是头倔强的牛犊。"停下别动，孩子。你在装什么？"他问。

"上课。"我说。

"不是在这儿，你不该在这儿。"

他把我带到他的办公室，边走边提醒我班里只剩下三个人了——三月发生的事故中，只有三个人不在校车上。我提出小班上课有助于营造亲密的学习氛围。

"亲密在这个学校里没有立足之地。"布里尔校长回答。我们走进他的办公室。他站在窗前的空调前，让凉风吹干手掌。他看了看我说，"孩子们经过一个暑假能长大许多，但是……"然后他走到书桌前坐下来。他拿起电话，望着我。

"3210。"我说。

他拨了号码。我听见妈妈的声音好像门的铰链。

布里尔校长向她解释了这里的情况："他要不就转学到布里斯维尔中学、西兰中学、本德城中学、洛克中学，或者并入超前的班级。"

我来到了本德城中学，全州最大的学校。这儿离家有三十分钟的车程。早晨七点三十分，我在秘书处等候。布里尔校长为我安排了负责人，亲自处理我的转学事宜。

"约见柏福海瑟伦督导的访客，请坐在深褐色的椅子里稍等。"一个小个子男秘书说。

我看到一张深褐色的椅子。隔着三个座位，另一张深褐色椅子里坐着一个由四部分组成的男人：美丽纤长的腿，凹陷的胸，地中海的容貌，以及深沉的双眼。

他向外斜倚着，挑了挑眉毛。"你也在等柏福海瑟伦先生？"他说。他喜欢自己的口音。我猜他或者是西班牙人，或者摩洛哥人，或者意大利人，要不就是利比亚人。

或者他是个恐怖分子。

他动了动身子，舒展了下修长的身躯，向我伸出一只柔软的手。"我是格利高里·阿尔特拉巴沙。"

125

"很好。"我说。从他的年纪看，他不可能是学生。他长着胡子，脸上有瘢痕，英俊，冷静，而且散发出一种慵懒憔悴的气质。他靠在椅子上，仿佛是挂在那儿的一件轻便风衣。

"我叫凯文·舒勒。"

"没错。"他说。他转过身去，朝那排副校长办公室门点点头。他穿着跑鞋和紧身的黑色牛仔裤。我看了看他的鞋。他鞋带的绑法和鞋底的磨损显示出他有可以忽略不计的轻微平足，很可能只在人行道上跑步。我从他条状的小腿肌肉判断，他可能还跑过马拉松。

"你是跑步的。"我说。

他笑了笑，眼睛闪了闪。接着又笑道，"对，对。我是跑步的。"

"我以前也跑。"我说。

"真可惜。过去时。"

"我讨厌跑步。"我说。

"啊，"他说，"那时候你跑得快吗？"

"哦，快的。"

他朝着向我们走来的秘书点点头，秘书招呼我进去，"那么祝你好运。"

* * *

"亲爱的候选学生！"柏福海瑟伦督导宣布，这是个满头长着灌木丛般蓬乱白发的人——就像一头放任自流的海福特牛 [3]。他的前额又红又直——像堵砖墙。

我坐在他巨大的金属书桌前。我估摸着这张桌子是防弹的。督导浏览着我从卡腾中学带来的文件，这几秒钟一派宁静祥和。接着他说："你可以叫我恩布尔。"

"是的，先生，柏福海瑟伦先生。谢谢。你可以叫我舒勒先生。"

"不错，凯文。"

他合上我的文件，压上透明的树脂镇纸。镇纸里悬着一只黄色的蝎子和许多微小的气泡。他书架般的眉毛垂了下来，他把皮椅向前挪了挪，放低声音，"我很喜欢你。你让我想起我

---

[3]
Hereford cow 产于英国英格南的海福特县，是世界上最古老的早熟中小型肉牛品种。海福特牛体躯宽大，前胸发达，全身肌肉丰满，短头，宽额。除头、颈垂、腹下、四肢下部和尾端为白色外，其他部分均为红棕色。皮肤为橙红色。

的孙子，威尔。"

"呃，谢谢您，阁下。"

他看了看吊扇。我也看了看吊扇。他把目光转向我。我也把目光转向他。

他说："你不能来这里。你太聪明了。"

"您应该和我母亲谈谈。"

"不，真的，我看了你的档案。你对我们学校来说太聪明了。"

"说真的，柏福海瑟伦先生，我很一般。二流。平淡无奇。"

"呃，我……问题在于，凯文，在本德城中学，我们只有两类学生：特别有天赋、智力超群的学生，以及笨得无可救药、毫无希望的学生。"

"那就是我。第二种。毫无希望。我讨厌希望。"

"不，不。你的智商和报告让你恰好处于天赋异禀的学生们之下，但是远远比毫无希望的那一类强。"

"我可以变得更无望。还有拓展的空间，我能拓宽自己的。"

"不。你看，每收一个特别聪明的学生，州政府就给我们一笔额外的经费——资助天才项目——每收一个无望的学生，他们也给我们额外的经费——用来赞助职业训练、无学习能力课程、残疾设施、语言病理学者，等等等等。两者皆有利可图。我们是吸引最聪明和最愚钝学生的磁石。但是接收差等生、中等生，或者良等生却不能为我们带来利益。像你那样的好学生，我建议你到本城另一边的下本德中学去。"

"呃……"我说，试着让自己听上去蠢一些。但是我被送到了门口。柏福海瑟伦先生轻快地打开门，门口站着瘦长俊朗的格利高里·阿尔特拉巴沙。他以一种随意的平衡姿态站立着，用两根手指指着我。

"稍等片刻，"他说，然后柔和地说，"你要进这所学校吗？我的凯文·舒勒？"

"不，"督导说，"很不幸他太聪明了。"

格利高里对柏福海瑟伦先生说："你知不知道，我觉得这就是密苏里州、卡腾中学、克鲁普郡 R-5 公共学校的、初二时在东南中西区田径赛上打破州 1A 初中二年级 800 米纪录的凯文舒勒？一个纪录，先生阁下，比现有高中 4A 800 米纪录只慢了不到四秒钟，这还是 1985 年下本德城中学的迪克·哈兹特拉普创下的。"

"这是真的吗？凯文？"

我模糊地回想起，我的纪录和高中纪录相差远不止四秒。我不知道格利高里说谎的动机是什么。

　　"事实上，"我说，"迪克·哈兹特拉普是1984年创下4A800米纪录的。"

　　"哦，我搞错了。"格利高里说。

　　但是督导不容许我再回避问题，于是我最终承认我的名字的确在纪录册上。五分钟之后，我就注册成为本德城中学的初中三年级学生了。在我填写文件时，恩布尔·柏福海瑟伦和格利高里·阿尔特拉巴沙分别站在我的两旁。

　　"学费减免，当然，"当我填到区外学生表格部分的时候，督导向我保证。柏福海瑟伦先生亲自为我的文件盖章，封口，签字，复印和密封。他给了我一张小小的黄色卡片，上面写着我辅导员办公室的地址。

　　"去那儿，舒勒先生。"他命令我。

　　"全速前进，"格利高里说，微笑的时候露出一排漂亮、天然的牙齿。

　　督导未加思索脱口而出，"我们大家一起全速前进！"然后由衷地笑了。但是他的目光落在格利高里的身上，笑容逐渐隐去。他慢慢地打量着格利高里，嘴唇紧闭。"你到底是……"他说。他望了我一眼，好像是在寻求帮助，然后又把目光转向格利高里，"你到底是哪位？"

　　"他是格利高里。"我说。

　　"格利高里·阿尔特拉巴沙，"格利高里宣布，"你的新田径和越野教练。"

　　柏福海瑟伦扬起眉毛。"哦！哦！对了！督导不该犯的错误！阿尔特拉巴沙！但是不要那么势在必得，你还没被雇佣呢。你只是来面试。"

　　格利高里向我微笑示意，"我这是在招兵买马，"他说，"这位将会刷新本德城中学的纪录。这个孩子初二时就六次刷新了自己的纪录。"

　　我意味深长地微笑。柏福海瑟伦先生有些跟跄。

　　"我觉得那只是一个纪录……"我轻轻地说。

　　"本德城中学对下本德城中学的田径赛连输几年了？"格利高里问道。

　　柏福海瑟伦的双眼失去了光泽。他似乎离我们很远。"过来——签——合同。"他说。

　　"我们三月一号再见。"格利高里把我推往秘书处门口的时候小声说道。

　　在密苏里州，三月一号是田径赛季集训约定俗成的开始。

128

我应该解释一下当格利高里·阿尔特拉巴沙和恩布尔·柏福海瑟伦看到我时，他们看到的是怎样一个人。他们所看见的不是那个骨瘦如柴、稀稀拉拉的腿毛刚爬上脚踝的初二学生。他们看到的是一个长大成人的大男生，甚至可能被错认为大学高年级的学生。自三月以来，我的身体达到了预期的完美。

　　试想一下：三月份我的身高一米七五，穿轻便衣服时体重五十七公斤。我的上臂围是二十五厘米；大腿围四十三厘米；小腿围三十三厘米；颈围三十三厘米；胸围八十六厘米；庹长[4]一米七五；腰围七十四厘米；阴茎（勃起状态）十三厘米。我的视力是0.8。我身上几乎没有什么体毛。一天大约摄入2400卡路里，每天晚上至少睡九小时，周末睡十小时。我每周用爸爸的电动刮胡刀刮一次胡子。总而言之，我就好像一棵七月的甜玉米，两个星期滴水未进，最后达到理想的高度，但是周长和高度不成比例，被自己发育不良、锈红色的穗子压得有些弯腰驼背。

　　我那时精瘦可爱。

　　我定期记录自己的身体尺寸，把数值记在方格纸上，热切地期待着每一次测量能够预示成长。我把一些关键数据，如体重，做成曲线图。做这种记录的男孩不止我一个人。这些数值就是少年的日记——他渴望把自己进入成人世界的过程量化。

　　我沿着惟一被认可的轨迹前进。这场比赛中只有一条跑道。

　　看看吧：到八月，我的身高已经达到一米八二，体重七十二公斤。我的上臂围是三十五厘米；大腿围五十三厘米；小腿围三十八厘米；颈围四十厘米；胸围九十九厘米；庹长一米八五；腰围八十一厘米；阴茎（勃起状态）十六点五厘米。我的视力回复到1.0。我蜜糖色的体毛已经完全长成，但并不过度发达（后背上没有体毛）。我每天摄入2900卡路里，每天晚上睡眠时间少于八小时，并且每天用剃须泡沫和安全剃刀刮胡子。我的嗓音降低了整整三个音阶。惟一没有改变的或许就是我的鞋子尺寸，但是本来就是完美的四十三码半，所以也没什么进步的空间了。

　　我的身体成了色泽美观、体型瘦长的典范。我拥有亚麻金色、微微蓬乱的头发，深陷的蓝色的眼睛，它们有时候看上去像是灰色的。我的牙齿平整、洁白，我的鼻子略微有点短，但是很可爱，我的下巴和微笑很有力度，我的待人谦逊，我的体态优美，我的嗓音圆润，我

---

[4] 成人两臂左右平伸时两手之间的距离。

的笑容安静。其实，那些日子里我很少大笑和微笑，但是如果我笑起来，右边脸颊上会出现一个酒窝。妈妈给我起了个绰号叫"橡树"，她常常站在我面前，轻轻拍着我的肩膀说，"你爸就没有这样的肩膀！你爸就没有这样的下巴！你爸就没有这样的眼睛！"这让我不禁怀疑，我爸到底有些什么？

学校的辅导员高兴地帮我选了些文绉绉的课程：制图、英语、物理、世界地理、健康、应用数学，和基础结构（与建筑相关的课程）。我加入了学校的桑得利·西里学院——就是职业教育的那一半。你在这栋楼里常常能够听到打字机噼啪作响的声音，锯子哀怨的声音，或者看到电焊机迸出的火花。学校的一侧被用作农业课程教学。学校里还有个室内机械工厂，能容纳二十四辆小汽车同时作业。这里还有个储备颇丰的木材场，和一个专供学习能力障碍课程使用的部分。我呢，每天完成作业，就低头做人，并且避免卷入任何暴力纷争，避免与统治桑得利·西里职业－技术－农业－特殊学院的铁拳党发生任何冲突。

从小小的三格窗户望出去，我们能看到学校街对面的另一半：詹姆·史密斯·沃尔斯通卡拉普特学院。那是未来的医生、教授和职业经纪人学习拉丁语、模糊逻辑学、宏观经济学、写作、哲学和有机化学的地方。在我四小时的科学课上，一些詹姆·史密斯学院的学生们正在享用午餐，天气好的时候，他们中的一些人会在户外吃午饭，在我目力所及的范围之内，他们坐在一棵大榆树的巨型树冠下，一边吃一边说话。他们相互交谈，我很羡慕这一点。

但是桑得利·西里学院好得很——老师们对我和我的同学们不抱任何希望。没有了必须持续进步的压力，我如鱼得水地取得了非常好的成绩。老师们都很喜欢我，因为我很冷静，而且不会故意砸烂东西。

"你喜欢红辣椒还是猪肉炸面糊卷？"排队领午餐的时候，我后面的男孩问我。

"我想，"他犹豫不决地答道，"我两个都喜欢。"我知道这家伙叫乔尔，他是学焊接的，每天会在焊接低坑场里待上半天。据我所知他很不错——两手可以各拿一支喷枪——他还是橄榄球队的第一接球手。

"那很奇怪，"乔尔说，"因为我发现一般来说一个人不是喜欢我们学校的午餐红辣椒就是喜欢我们学校的午餐猪肉炸面糊卷，但是很少有人两个都喜欢。"

我有些紧张。在桑得利·西里学院的任何地方进行相对正常的对话都是极度不寻常的，除此之外，乔尔后面还站着凶神恶煞的四人帮，这四个人被我们称作伊尼、米尼、明尼、莫，他们正偷听着我们的对话，而且似乎很不爽。

"那多半是我不正常。"我对乔尔说。

乔尔摇摇头。"呃，我也是两种都喜欢。那么甜点呢？让我问问这个，你是喜欢奶油泡芙还是喜欢蜂蜜小面包？"

我们边说边沿着队伍缓缓地往前挪，手里端着空餐盘。乔尔上下打量着我，仿佛想通过观察我的衣着来揣测我的答案。他的皮肤是你能找到的最浓的咖啡色，相比之下我的皮肤就好像脱脂牛奶。但是四人帮还在等我的回答，我揣摩着怎么说才不会冒犯他们。

"蜂蜜小面包？"我说。

明尼笑出声来。我怀疑自己是否要准备重接下颌关节了。

乔尔转向明尼。"什么？"他问道，"你有什么意见？"

"我只是搞不懂，"明尼说，他看上去比我重不下二十公斤，"怎么会有人喜欢蜂蜜小面包超过奶油泡芙呢。"

"那么你喜欢奶油泡芙喽？"乔尔说。

"当然。"明尼说。"我也是。"伊尼说。米尼点头附和。

"你呢？莫？"乔尔问道。

"桃子馅饼。"莫说。"啊！"乔尔和米尼异口同声。

"桃子馅饼棒极了。"伊尼说。"我爱桃子馅饼。"乔尔说。

现在我们所有人都在点头，高兴得不知所以，只有排队等候丰盛午餐的青春期男孩才会那么高兴。

"不过你们知道吗？"我对他们说，"我什么甜品都喜欢。甜品都好。"

"凯文说得没错。"乔尔说。我不知道他是怎么知道我的名字的。

"我，"莫插上一句，"基本上只要是吃的都喜欢。"

我们都赞同莫，然后，我们排到了午餐队的最前面。餐盘里装满了食物，我们默默地看着，蒸汽从红辣椒的碗里蒸腾出来，这一刻似乎相当足够了。

下个周末我爸爸在家。我提议我们一起去看橄榄球赛。本德城中学对下本德中学——镇上另外一所差等生、中等生和优等生待的学校，在每项运动中都把本中打得体无完肤。爸爸答应去看球赛，他向我使了个眼色说："你女朋友出现的话我就立刻闪。"

"感激不尽。"我说。

薄暮中，爸爸的栗色大卡车霸占着车道。这辆车比我们的房子还高，即使是在黄昏中，即使没有阳光，它也闪着光。令我们苍白的小轿车在它面前显得缩头缩脑的。

我去看橄榄球赛并不是为了看女孩，我看到的是"矮乔·布鲁尔"，66 号选手。他几乎是场上最矮的选手，但是他用速度和敏捷弥补了自己身高上的缺陷。

爸爸和我在球赛中很少讲话，我知道爸爸也正盯着乔尔。球场灯光照耀到乔尔富有魔力的双手时，总是显得特别明亮——尽管他棕色脸庞上的五官藏在头盔下面模糊难辨。他在空中藏下长而变幻的传球，轻巧得仿佛它们只是晾在绳上的衬衣。然后他会超过追球手，或者接过乔尼·崔那分秒不差的传球，或者从蜂拥作一团的防守队员手中接过手递手传球，有时候他会为了躲过阻截队员急忙下蹲（这是他的招牌动作，他的绰号"矮乔"就是从这里来的）。他被划分为接球手，是的，但有时他扮演着近边锋的角色，有时甚至还往回跑。我们都能看到乔尔的爸爸靠在看台第一排的栏杆上，在整场比赛中喋喋不休、大声叫嚣，但并非出于喜悦。每场比赛之后他都会嘲笑自己的儿子。

"什么！嘿嘿！哇！这样不行，你个笨蛋！你应该再蹲得更低！白痴中的白痴！"

尽管乔尔身高只有一米六七，但他的爸爸却比他高了整整三十公分。或许是这个原因才没人叫他闭嘴。本中满载而归——这是十二年来第一次赢了下本中，广播员是这么说的。而且我发誓全场没人会怀疑乔尔·布鲁尔是本中获胜的惟一原因，除了一个人。

即使在终场哨声吹响之后，我们还能在喧闹声中听到乔尔爸爸的声音："如果不是因为那个 66 号白痴的表现，分数准能翻一番！"

我觉得我无法因为乔尔爸爸的混蛋表现而责怪他，我对此无法挑剔，正如我无法责怪我的爸爸一样。整场比赛以及比赛结束后，在开车离开本德城回乡下的路上，他像往常一样沉默不语，我也像往常一样沉默不语。引擎轰鸣着，光秃秃的轮胎呜咽着，散热风扇嗡嗡作响。我们不说话，但是汽车会和自己交谈。

回到家，妈妈走进我的房间，我正坐在那儿看书，妈妈告诉我巴特彼特太太留给我一封她女儿的信。"谁写给谁的？"我问，"谁的信？"

妈妈微笑着点了点头，接着，当她站在我房门口的时候，她不笑了。她的头发上卷着发卷。"艾莉·巴特彼特[5]。"她说。

我想起来这是我一个队友的名字。"我和她不太熟。"我说。

妈妈朝我眨了眨眼，然后飞快地说道："那么我把信留下了。你只要对我说，你不会有事的，凯文。你今天想晚点睡吗？我把前门锁上了。你爸爸已经睡着了。你今晚要不要加条毯子？明天我要去折扣商场。我们去看看那儿有没有你喜欢的衬衣。我讨厌在下雨天开车出门。听说明天可能会下雨。你明天能用吸尘器打扫一下自己的房间吗？你肯定愿意。你的房间现在总是很整洁。我走了。会没事的，凯文。门开着，还是关上？关上？"

她在这三十秒内对我说的话，比通常情况下整天说的话都多，而且在说话的时候，她的目光不停地在地上徘徊，她的手像八哥一样在衬衣领子上呼扇着不停。

"关上吧。"我说，于是她关上了门。

---

[5] 艾莉·巴特彼特就是凯文的女朋友，但在那场车祸中丧生，凯文此时也已经失忆。

3

只有在日历上，二月才是最短的月份，仿佛被一把利刃，精确齐整地切割成四个星期。而现实中，它却张开那冰冻滑湿的、嘎兹作响的"下水口"，把一切都吸进难耐的冗长之中。

情人节那天，格里高利出现在我制图课教室的门口。镶着毛边的皮衣让他看起来像个生病的俄罗斯人。我怀疑他可能真的是个苏联人，南方穆斯林那类的苏联人，乔治亚？阿塞拜疆？他递给我一个小小的用锡纸包裹的心形巧克力，接着说，"如果你愿意的话，三月田径训练开始之前，你得让医生给你做个身体检查。"他把体检表递给我。

"谢谢提醒，"我说，"但是我不打算跑。"

这时，格里高利的胡子垂到了嘴唇下。

"嗨，嗨！等等！"下课铃响了，我走出桑得利·西里学院时，有人叫住了我。柏福海瑟伦督导只穿着套棕色西服，站在二月的寒风中。他的衣领上别着一只情人节领针，上面写着：拥抱人人！

"我相信你今年春天会跑的。"他告诉我。

"这个假设真够有趣，"我说，"但是不行。"

"不行也得行。"

"呃。"我说。我看到妈妈在别克车里等我。

"不行也得行。"他重复了一遍。

"我不能。"

"你会的，而且你能。"

我迈不开脚步。"别以为我不知道去年春天的那场事故，"督导说，"你以为你是惟一一个受伤的人？是不是？"我不确定该不该回答。

"有空时来我的办公室，我会告诉你1950年在韩国仁川时，我怎么眼睁睁看着一个朋友死在我面前，离我不过一米半。然后我来向你说明我十几岁的时候在西弗吉尼亚煤矿场里度过的好时光。我会给你看我表弟雷克斯的照片，他觉得活着没什么意思——那时候他第三个儿子刚刚出世。我有满满一口袋的小遗憾和污浊的负罪感可以倒在你头上，孩子，而且没有一件是假的，没有一件事能被搬上光辉的银幕或者写进摇滚音乐里。那么，我们为什么不面对我们自己，学到一点东西呢？"

"你甚至不在公车上。"他说。

"是校车。"我说。这时他把一只手放在了我的肩膀上。他用另一只手指着我——五个指头齐齐地戳着我的胸膛。

"三月一号我会看到你出现在跑道上，带上填好的体检表。如果你不去的话——我不在乎你会不会错过你妈的葬礼！——三月二号你给我准备好，你会收到全年的区外学费账单。"

＊　　＊　　＊

但是事情没那么简单。

"我不清楚，"罗利·斯皮特尔医生说，他渴望当个农夫，而不是医生，"你的心跳是四十，我不知道该不该让你跑步。我不知道你的大脑是如何得到足够的氧气的。你平时有没有觉得头昏脑胀，就像马上要晕倒一样？"

"没有，"我说，"我猜这个春天用不着跑步了。"

"该死——连走路都别走了！打打保龄球，高尔夫，扔扔飞镖，或者玩玩双向飞碟射击——做点不会让你的心肌负担太多的运动。不要年纪轻轻的就把自己限制在一个项目上。别那样局限自己。看着我，每周四天在同一个三间套的小办公室里看病、说话，两天待在医院里，加上出诊、急诊和乱七八糟的事情，本来我可以一周七天开着拖拉机、播种、撒药、喂牲口、运货、挖土……那才是我想做的事情……你知不知道我的肺每星期五十小时吸入的是怎样陈腐的空气？你觉得我的双手有多软？我的皮肤有多苍白？"

于是我三月一号出现在跑道上，手里确实拿着体检表，但是体检没通过。格利高里贪婪地接过表格，说："快点换衣服吧。"然后转身走了。

"读一下，"我说，"读一下体检表。"

他盯着这半页纸看了半天，好像要把一字一句都记下来。然后他朝正面看台望去。柏福海瑟伦督导站在看台顶上，映衬着他身后阴惨惨的天空。格利高里轻轻地摇了摇头，看到这个信号，督导慢慢爬下看台的阶梯，一路上小心地看着脚趾。

柏福海瑟伦看了我的体检表，然后面无表情地望着我。他的西服外套没扣扣子，也没系

136

皮带。

"这个医生没准是个蠢蛋，"格利高里说，"运动天才有时候心率特别低。他们的心脏非常高效。这是哪门子医生？"他和格利高里走到远处，交头接耳，不让我听见。不到一分钟他们就回到了我身边。

"这个礼拜你还得跑步，"柏福海瑟伦说，"因为直到第一次比赛之前，体检并不是必需的，在这之前我们会给你找个懂运动的医生。"

我说："听着，我的医生和我已经决定了，把跑步换成低强度运动对我的健康更有好处，比如飞镖，撞球或者钉球。"

然后我问了督导一个问题，"你有没有在官方纪录册上查过我的六次纪录？"

"我八月就查过了，我们签下你的那一天。"眼看着他说谎，让我很难过。因为如果他真的查过纪录册，他当然就会看到我只保持了一项纪录。

"舒勒，"柏福海瑟伦说，"你今年非跑不可。除非你的心脏上有个洞！"督导僵着脸。我注意到他的下颚线上有条伤疤。他说，"我不介意明天早上亲自把五千美元的学费账单交到你父母手里。我当然也不会介意把你在桑得利·西里学院的日子变成十八层地狱。除非十分钟以后你在跑道上出现，乖乖听你教练的话。"

一个星期后，我每天放学后都会出现在跑道上，和其他十一个人一起训练。我们的训练方法被误称为链式"法特莱克"训练法[6]——一种反反复复的操练：所有人排成一列中速跑，然后队列最后的人快速跑到前面，成为领队，循环往复。这让我想起小时候看过一本书，几百条狗坐着几百辆小汽车向某个狗节庆典冲刺。它们总的看上去很滑稽，这个过程很可能和链式法特莱克差不多。但是它们是往庆典去的，所以它们的滑稽可以被原谅。而我们只是循环往复地跑着圈，或者椭圆。

在我们之上，在我们周围，是密苏里三月寻常的一天，几乎就像六月的下午。这天天气很暖，天空蓝得突兀，飘浮着一朵朵白云。有个人把凯迪拉克停在跑道终点的草地上，比格利高里还仔细地看着我们。格利高里的黑发被风吹得四处飞扬，他似乎有点失魂落魄。我们跑完近五公里的"法特莱克"训练法之后，格利高里让我们去称重室。

---

[6]
法特莱克训练法，是一种加速跑与慢跑交替进行的中长跑训练方法。

"除了你，"他对我说，"你去见见那个站在车旁的人。"他指着凯迪拉克旁的男人。

"他是谁？"

"他是州立大学的运动医生，他答应免费帮你检查。他很忙，能抽出时间来见你很不容易。"

我向那人走去，凯迪拉克的车门打开着，我看见棕褐色的皮椅上放着一部手机。他穿着卡其色的裤子，淡紫色牛津布衬衣，浅口船鞋，皮带上别着两个传呼机。我离他还有三百米远的时候他向我伸出手。

我和他握了握手——他的手掌宽得像个煎锅。

"凯文，我是布雷克医生。"

"很高兴见到您。"

"你介不介意我现在摸摸你的脉搏——乘你刚跑完不到一分钟。"

他测了我手腕的脉搏，然后量了我的血压，听了我的心跳和我的肺，然后检查了我的腺体。他测量了我的体温，检查了我的耳朵，眼睛，鼻子和喉咙，测试了我的反射，检查了我的很多肌腱，然后关于我的各种体液问了一堆问题。他的问题还在继续。

"你有没有感到过心悸或者犹豫或者心脏猛跳？""没有。"

"你有没有感觉跑步之后呼吸急促，尤其是在冷风里跑步以后？""没有。"

"你跑完步以后咳嗽吗？""不咳。"

"你得过外胫夹[7]吗？""没有。"

他问我脚有没有觉得痛。"没。"

"你脚上的鞋子看上去早该退休了。"他说。

我看了看我邋遢的训练鞋。我突然想起来它们其实都不是我的鞋。它们曾经属于一个叫鲍比的孩子，我回想起来，布雷克医生说得没错，它们似乎已经被穿过两三季了。我无法清楚地回想起我为什么会穿着另一个男孩的鞋，但是我知道刚穿上这双鞋的时候走路有些僵硬，因为这双鞋很硬，几乎是新的。我想不起来这双鞋怎么会变得那么旧。

"你这一季只训练了一星期，对吗？""是的。"

"那么刚开始训练你的肌肉是不是还有点酸？""没有。"

"这里呢？"他一边说一边指自己的大腿。"不酸。"

---

[7] 指腿下半部的前端和侧边产生疼痛或疼痛恶化。

他又问了我一些问题，最后把他的仪器放回箱子里，重新为我填了一张体检表，然后上车，摇下车窗玻璃。

　　"你要走了？"我问。

　　"不，我喜欢坐在车椅上讲话。"

　　然后这个医生点了支烟，我注意到他坐下的时候，肚子凸在腰带的上方。他让我离他的车远一点，以免吸入他的烟，然后他开始说话。

　　"我从你跑步的样子看得出来，你是生物力学高效率的典范。你不驼背，也不旋后。你的步幅和身高非常匹配，你的抬膝非常完美。你的心率显示出你过人的心血管能力，而且你说在一个星期的训练之后不感到酸痛，这有很重要的意义。"他深吸了两口烟，"但是，你似乎是个平庸的跑步选手。我看到你在链式训练之前跑的四个 400 米。你总是排在第八或者第九——你的用时在 115 以上徘徊。你能不能对此作出解释？你是不是在保存实力？"

　　"保存实力？"我反问，"我只是在跑步——我没有去想速度，真的。我讨厌跑步，你知道的。"

　　"有一些最优秀的运动员心底也有这种怨恨的深渊，当他们把这种仇怨转化为运动时——呃，他们做得非常好。"

　　"你是想建议我利用这种仇恨，在制造这种仇恨的运动中脱颖而出？"

　　"当然。"

　　"我不知道我该怎么想。我或许会认为那是胡说八道。跑步让我沉沦。"

　　"让你消沉？"医生木然地重复着。

　　"让我沉沦。"

　　"沉沦。"医生说。

　　"是的。"

　　"我不是运动心理学家，凯文，但是去年我看到你跑步的时候，你浑身充满了活力，这令你出类拔萃。你初二时那么瘦，跑得都比现在快。告诉我，你跑步的时候心里是不是有个无声的空间？那个安静的地方是不是你力量的源头？"

　　"我没有什么力量。"

　　"没有？"

　　"也没有什么安静的地方。从来都不平静。"

"那么你心里到底有些什么？"

"骚动。"

医生什么都没说。

我解释道："就像小孩子该安静的时候却喋喋不休，交头接耳，咯咯笑。"

"小孩子？"

"我很平庸。"我坚持道。

布雷克医生迟钝地向我眨着眼。他的烟灰已经超过一厘米长了。几秒钟以后，他说，"你得面对你的天赋。"他把香烟扔进汽车的烟灰缸里，"或许你得面对你天赋背后的力量。"

"你去年是什么时候看见我跑步的？"

"我记不太清楚了，但是有时我会去看看听说的运动员。我听说了你那次惊人的成就，我听说你把1A跑道的煤渣踢了出来，我听说你刷新了纪录。我四月或者五月的时候来看过你。"

"去年三月之后我就没再赛跑。"

布雷克摇摇头。"你这话是什么意思？我看到你了。我在报纸上看到过你。"他说他会再来检查我的情况，然后把车开出草地，沿着跑道的直道经过格利高里身边——格利高里害羞地挥着手，把口哨掉在了地上——开出运动场大门，沿着街道远去了。

或许我无法客观地描述我的家乡。卡腾镇位于奥扎克的边陲，在本德城的西面，两者相距三十二公里。我父母灰色的农房在卡腾的东北方，离镇上有八公里。从我们家往南走半小时左右的路程，一路都是巨大的山丘，山上树木繁茂，但是除了溪涧里的泥土以外，这儿的土质都不适合农作物生长。从我家往北走几分钟，土地平坦而开阔，那儿生长着古老的奥沙治——美丽的大豆之乡，肥美的牧场——橙色灌木丛。房子周围的丘陵相对来说很大——有些树木丛生，有些则是光秃秃的。一公里半之内是玉米田、豆田、麦田、养猪场、放牛场、干草田和原始森林。我们的一个邻居在肯因溪旁的低地里种南瓜。另一个邻居种草莓，每年六月都把本德城的人们吸引过来，专程赶来采摘。我们屋子的周围生长着银色的枫树，夏天沙沙作响，暴风雨来袭时又被折断枝干。

三月中旬，一个周六的早晨。爸爸开车送我去卡腾镇。我们去修车厂替他的货运车买个二手轮胎。然后我们开车来到五金店。我看着旋转展台上的便携小刀。一个穿着围裙的矮个子男人站在我身旁。

"嗨，老凯文。"他说。

我认得他和他松弛下陷的眼睛，但是想不起来他是谁。爸爸从过道一角走过来。"你记得费茨·希克尔[8]吧，凯文。"他说。

我握了握这位希克尔先生干燥的手，当他问我城里人怎么对待我的时候，我告诉他和他们处得不错。

"我到现在还有点儿难受，你知道的。"希克尔先生告诉我，他倚着他的扫把，声音深深地沉到胸腔，我几乎听不清楚他在说什么，然后他慢吞吞地说了下面这些话，"到现在差不多有一年了，你知道的，"说完他挺了挺身子，恢复了原来的嗓音，"我想知道你有没有兴趣去我们那儿帮忙做些农活，或者收拾收拾院子。一些杂活，你知道的。我会给你不错的报酬。我很想见到你，希克尔太太也是。已经很久没有人在池塘边钓鱼了，你愿意的话随时都可以过来，还有你的爸爸，你知道的。不管做什么我们都不会亏待你的。我们仍然很喜欢你，凯文。真的。"

告别了五金店奇怪的希克尔先生之后，我沿着山坡往下走，穿过雾中的卡腾。周围是老城区，都是些低矮的白色房屋。一条牛仔裤躺在水渠里。沿途的人行道都裂开了。这里听不到鸟鸣。

我来到了卡腾中学的校舍前。

学校的正门前竖立着一根红砖柱子，上面钉着块金属牌，牌子上刻着一年前在事故中遇难者的名字：

杰森·布里克

艾伦·巴特彼特

特洛里·开切尔

吉娜·达利

莜兰达·埃森

格利高里·弗兰齐

胡佛·加菲尔德

---

[8] 费茨·希克尔先生就是鲍比·希克尔的父亲。

希瑟尔·加内特

艾莉莎·鲍尔森

罗布特·里斯，教练

鲍比，希克尔

乔治亚·蒂德

珍妮弗·蒂德

威廉·文森

　　我触摸着金属牌，仿佛里面有种能被触知的密码，但是我获得的惟一信息只是：这块金属很冷。纪念碑的顶上放着一双青铜鞋。我看着阿凯斯先生把鞋嵌进砖头里。他是世界上最老、最聪明的看门人。我和他四目相对的时候，他灿烂地朝我微笑，这种微笑是留给最熟悉的人的，熟悉得都用不着打招呼的人。

　　这双青铜鞋看上去很眼熟。

　　这是双耐克鞋，一双钉鞋。

　　我摩挲着它们的鞋跟——上面没有 K·舒勒这行字眼。

　　然后我偷偷看底下。违规的长鞋钉。

　　"我的鞋子是金色的。"我说。

　　"谁？"阿凯斯先生问。我们叫他泰勒。

　　"这双鞋是我的。在里面。"我用指节敲了敲青铜。

　　"里面什么都没有——这只是鞋子的铸件。"

　　我试图用双手围住这双鞋。

　　泰勒把他工程师帽的帽沿往上抬了抬，然后猛地摘了下来。他是首席校车驾驶员、首席机械师、首席看门人。

　　"带我走走。"我说，于是他放下他的螺丝起子和石工螺丝，把我带到空无一人的学校里。我们穿过昏暗的体育馆，我们的脚步声回荡在倾斜的没有窗户的过道里。教室门背后，电暖炉发出嘀嗒的声响。泰勒带着我往上、往外、往后，然后再往上，来到学校里最高、最暗的房间，这个阁楼里排列着一箱箱一排排的陈年旧物。隔音层松松垮垮地悬在天花板上。老旧的旗杆堆在角落里。在这个房间里，在赤裸裸的灯泡亮光下，阿凯斯从一个盒子里拉出我的耐克鞋，把它们送回到我的手中。它们看上去好像浸透了刷锅水，然后又涂上了一层牙膏[9]。我用我的手指甲刮去一只鞋上的残渣，然后给阿凯斯看鞋后跟上我的名字。我又刮了刮，露出干净的，冰蓝色的鞋带。

"太好了。"我说。这双鞋让我双手发麻，头脑发胀。

"你的鞋怎么会在车上？"泰勒问。

我闻了闻鞋子，我似乎能闻到河水的味道。

"我不知道它们为什么会在车里，"我说，"为什么，为什么，为什么？"

"那是什么？"泰勒问。他指着一只鞋的大脚趾处，残渣剥落的地方露出一条棕色的条文，好像是什么污渍。

"我也不知道，"我回答，"我知道的不多。"

"你那年春天光着脚跑步。"泰勒说。

"什么？"我问。

"赛跑的时候，我是说。不是训练。"

"这是比喻吗？"我问。

"这不是比喻。"

"你说的话真是奇怪，"我说，"说不定你比我自己还了解我。"

"我没那么了不起。"

"不。你知道这个学校的一生。你有种洞察力。"

"我是个看门人，兼机械工。"

"还兼校车司机。多少年了？二十年？"

"二十六年了。但是我不是做教练的料，对吧？"

"别限制了你自己。"

"别限制了你自己。"他重复我的话。

我从卡腾中学跑回家，正如计划的那样——从学校到我家有九公里半——两手各拿着一只钉鞋。我一边跑一边望着雾中的山丘，有时候它们仿佛向我滚来，有时候它们又仿佛在后

---

[9]
因为纪念碑上的铜鞋是以这双鞋子为模型做的，所以这双鞋子就留下了痕迹，"涂了牙膏"指的就是制作雕塑过程中上石膏的部分。

退。爸爸开车从我身边经过，他按着喇叭，在柏油路的中央缓缓驶过，经过的时候把水溅在我身上。车的迂回让我想到密苏里河，这条河从距离我们家北面十六公里的地方流过，一直穿过本德城，不过我很少想起它。但是河水有时候会自己潜入我的脑海，径直流进我的身体，将我淹没。

♠A

LIFE AT THESE SPEEDS[III]

Jeremy Jackson

黄少婷　译

编者按　书名征集：

　　凯文是一个少年跑步天才，在一次远征校外比赛后，父母开车来接他回家；但就在那个漆黑的夜里，满载同学、队友、女朋友和教练的校车，却在桥上打滑翻覆。

　　原来的同学几乎全部死于车祸，连课都上不成了。凯文只能转学，他同样加入了田径队，却仿佛脱胎换骨了一般，他赢得每一场比赛、打破一个又一个纪录，只是，对于昔日过往、对于喜爱的女生、对于那个夏天里的一切，凯文再也想不起来了。

　　在一个被创伤隔绝的真空世界里，他冷漠、空洞、茫然。当他用力自我紧绷、急速飞驰的时候，有没有人手持火炬，为他照亮脚下的路呢？有没有人默默支持，以免他脱缰失控呢？讲着一口古怪英文的印度教练在每一次比赛结束后，都直视他的双眼，问："你何时才为自己而跑呢？"最后，凯文亲手断送了运动生涯的美好前程，但那一刻，在全场的哗然中，动人的世界才终于冲破密云遮蔽的天空。凯文的奔跑不再为了别人，生命终于呈现出真实的速度。

　　小说作者 Jeremy Jackson 出身美国爱荷华大学创作班，他的处女作小说 Life At These Speeds 于2003年在美国出版后，即入选"巴诺书店发现新人选书"。目前同名电影已经开拍，由贾斯汀·朗（Justin Long）主演。自小说在《爱丽丝³知更鸟》刊载之日起，中文简体字版书名的征集活动也正式开始。请把你的创意于2008年5月1日前发送邮件至 :annlin@mimzii.com，最终入选的五个书名及其创意者，将于 www.MiMZii.com 公布，由图书编辑与读者共同决定。

热血　狂烈　叛逆　躁动　疯狂　堕落　迷惘　颓废
以真实街景为小说舞台，道尽青春岁月里的躁动、狂妄、欲望，以及无处宣泄的冲动

骨音 池袋西口公园 3

池袋ウエストゲートパーク

［日］ Ishida Ira 石田衣良　摄影 _ hansey　翻译 _ 千日

你知道世界上最快的声音是什么吗？

它不是夏天那轰隆而来的雷声，也不是改装机动车风驰电掣的发动声，更不是在风雨过后象征天晴的清脆的小鸟叽喳。它的速度，比这些声音还要快，还要更快。是的，也许你不会想到这是什么。因为，任何一个人，在没有与它面对面的时候，都无法意识到它的存在。

低沉、朦胧，但同时又异常的尖锐。没有任何的征兆，就在一瞬间出现。它只是执着于自己的速度，奔腾咆哮，感觉像从遥远的地方传来，但一刹那，就整个把你包围。它不像是出现在你的耳畔，而像是直接去剧烈地震撼你的神经。

我第一次感受到这种声音，是在池袋的 Live House。这声音集中了所有速度的特性，形成饱含激情的光圈，环绕着每一个舞池里的小鬼。他们，只能以顶礼膜拜的姿态，沉醉，呼喊：

"太帅了！继续吧！"

在这个颠覆的世界中，鲜血不是我们的目的，肉体只是客观的一种存在。而杀人，只是成为了附属品，作为结果出现而已。

我们真正想要的，不过是一种让我们热切渴望、近乎完美的事物。

*　　　　*　　　　*

炎热的七月和渐凉的八月，我仍旧在西一番街的水果店看店，同时断断续续地进行一些专栏写作，流浪般徘徊在池袋的大街小巷，读了很多的书，写了一些专栏文字。其他的时间，几乎都是在无所事事。

我在一本书中看到了这样一句话：

"拥有镜子的孩子。"

我觉得这句话和我的状态很像。我也拿着一面小小的镜子，站在街头。从镜子里面，我可以看到东京的街景，当然，还有那些小鬼们的身影。在我的眼中，这个世界有着淡淡的蓝色以及不够充实的厚度。有时候，我也会转换一下镜子的角度，希望能从中反射出没有被发现的世界的另一面。当然，会为这样的行为欣喜的，仅仅就只有那些拥有 20 岁以上的生理年龄却还保持着单细胞小鬼特征的人。

谁能够真正理解小孩子的烦恼呢？

我可以。小孩子几乎都不喜欢写作文。

*　　　　*　　　　*

每当《Street Beat》要交稿之前，像是成为了一种惯性，无论灵感是否已经衍生出来，我都无法静静地坐在一个地方，总是要来到街头无目的般地徘徊。只要第一句话构思出来，我就会立刻冲进一家位于罗曼史大道的汉堡店，这间名叫 Vivid Burger 的狭小快餐店，成为了我近几个月来的书房。

九月，马上又要到了交稿的日子。我穿过自动门，以习惯性的姿态和语气来到老柜台前。

"老样子。"

隼人边说边点了点头，转身走向咖啡机。因为目前店里惟一的正式员工没有上班，所以他还代理着店长的职位。

"来，咖啡，让您久等了。"

和咖啡一起摆在我面前的，还有一块在任何快餐店都可以买到的派。

"我请你的。你忙完了来找我一下吧，我有事儿想请你帮忙。"

隼人一边说一边旁若无人地摆弄着自己的帽子。可以明显地看出，他的头发在多次的染烫过程后，已经变得毛糙干燥，无精打彩地趴在脸上。不得不说的是，隼人其实是一个在池

151

袋很有名气的乐团的副吉他手，虽然以摇滚乐手来说，他的脸颊未免有些过于丰润。不过，谁都会有一两个缺点的。

　　顺便说一下，我的缺点就是过于心软有些爱哭。不过，想必有些女生会觉得这样很可爱吧。

＊　　　　　　　＊　　　　　　　＊

　　当我的文字布满两张稿纸的时候，已经是一个半小时之后了。这可是我的超水准的表现！估计是透过店里的摄像头看到我在收拾电脑，隼人立刻倒好一杯热气腾腾的咖啡，端了上来。

　　"我们乐团后天会在池袋 Matrix 举办现场演唱，我这边还剩了一些票。"

　　"这样。那我就来一张吧。"

　　"谢谢啦。可是这样感觉还是太冷清了。阿诚，你和 G 少年的头头不是兄弟吗？能不能帮我顺便提一下？只要他开口，演唱会的票一定很快就卖完的。"

　　崇仔那张仿似冻结于南北极的笑脸顿时出现在我的脑海中，那冰冷的笑容简直感觉无法直接去碰触。我真希望能让这嬉皮笑脸的吉他手亲自见识一下。不过说实话，我和崇仔的关系实在没有他形容的那么亲密。

　　"我看还是算了吧。想从他身上得到好处基本不可能。要是你还想在这儿待下去，最好还是别打他的主意。"

　　说完，我拿出钱包。隼人不情愿地点点头，抽出两张票放在我面前。我正想告诉他一张就够了，他却说：

　　"你肯定要带上女朋友吧？一共八千块。"

　　考虑到面子问题，我只好硬着头皮掏出八千块钱，看着瘪下去的钱包，心里当然很不是滋味。

＊　　　　　　　＊　　　　　　　＊

　　收拾完毕，我起身离开。走到广场的红绿灯旁，一辆手推车又出现在惯常摆摊的位置。被蓝色塑胶布包裹着的瓦楞纸箱里，摆放着刚上市不久的各类杂志，以一百日元一本的价格叫卖。

"嗨！小伙子，你是真岛吗？"

我本来打算悄悄走去，却突然被一个男人叫住，他的声音深沉而又嘶哑。我转过头去，看到一张严肃的面孔以及附在上面的灰白相间的络腮胡。

"我一直在这儿等你，可以借几分钟聊聊吗？"

他相貌虽然威严挺拔，本以为身材一定很高大，没想到站起身来，还比我矮了十公分左右。身上穿着发旧的牛仔外套和牛仔裤，脚下是一双褐色的西部仔靴。他刚说完话，一个明显是街友的男人便从暗处钻了出来，帮他看着摊子。

"跟我来吧。"

他的声音充满了不容拒绝的权威感。我还来不及思考，就又和他一起来到池袋西口公园。

*　　　　　*　　　　　*

我坐在圆形广场的长椅上，可以看到公园对面的东京艺术剧场，还有巨大的四角铁柱扭曲变形而成的公共雕塑。环绕在我身边的是这个男人低沉的嗓音。

"你已经听说了对街友的连续攻击事件吧？我就是想找你谈谈这件事。"

今夏的池袋经常被人谈起的也就是低腰裤和街友攻击事件了。这类事件已经令警方无所适从。没有赶上末班车的小鬼们，把怨气发泄到睡在公园里的街友身上。在他们看来，这只是一种娱乐的方式。这些事情已经不会出现在新闻版面，可见类似的事件在日本早已是尽人皆知了。

"您贵姓？"

相貌堂堂的男子露出英俊却又让人难以琢磨的笑容。

"在我们的世界里，名字只是个符号，没有任何实际的意义，告诉你我的绰号怎么样？"

我点了点头，男子便接着说道：

"日之出町公园的新叔，大家都这么叫我。至少在这一带，几乎所有人都知道。"

我呆呆地看着眼前的男子，确实与晚年的胜新太郎有几分神似。很有意思的大叔，说不定以后可以写进专栏。但是，关于是否要掺和眼前的街友攻击事件，我还是要保持清醒的头脑。

"抱歉，我想我真的帮不上忙。这件事情的被害人和攻击者这么多，而且分散各地，我实在没法调查。还是由警方来介入比较好。"

男子的情绪有点激动，感慨着说：

"警察压根儿就不管我们的死活，因为我们没有钱去交税呀。大部分街友都是五六十岁甚至年龄更大的老人家，因为无家可归才会选择在公园里住下。现在的治安情况大家又不是不知道，如果没有一些防身的家伙在身边，根本不敢踏踏实实地睡觉。

"你要知道，有些人甚至在闭上眼睛之后就再也没有醒来，在梦里就被十公斤以上的水泥活活压死。可警察给我们的惟一建议就是搬到别的地方去，可是那样和让我们去死有什么区别呢？"

我想象着这些街友年轻时候的样子，也许就像现在的年轻人一样，无比意气风发吧。怀着一些梦想，打拼着，幻想着自己的前途。而现在的他们，恐怕也就对应着我的未来。我既没有专业的技能，也不敢保证哪天西一番街的水果店不会关门大吉。哦，我还有服装杂志的专栏稿费，不过跟高中生兼职的收入没什么差别。

联想归联想，我还是要保持理智："很抱歉，不过办不到的事情就是办不到。"

男子无奈地低下头，自言自语般低声说着：

"今年夏天，池袋附近已经发生了十五起这样的攻击事件。大部分的案子，警方都在现场抓住了喝醉酒的年轻人，带回警署辅导教育。"

"但还有五件案子，到目前为止都没有查到真正的行凶者。其中一件，警方表示可能涉及到帮派斗殴。至于其他四件案子，就没有想象中那么简单了。"

说到这里，男子低下头，嘴唇一张一翕、仿佛想要说些什么却欲言又止。突然间，他又猛地抬起头，锐利的眼神里布满杀意。

"我想我必须让你知道这四件案子的严重性。他们都是我的朋友，每个人都在被下了迷药之后，被人折断了骨头。第一个人是小腿骨和膝盖骨，第二个人是腰骨，第三个人是两根肋骨，第四个人是肩骨和锁骨！"

"警方知道这些情况吗？"

"当然，他们都知道。但却不愿意为了我们加强警力，只是让我们自己提高警觉。"

这么说来，攻击者很可能就是同一个人。他想混在街友攻击事件当中、借着街友攻击事件的渲染，目的却是趁机暗中折断他们的骨头。不过，这究竟是为了什么呢？

"我知道，对于你们年轻人来说，我们这些老家伙已经没有什么用了。不论对社会、还是对个人，我们都是早死晚死都无所谓的家伙。我听说你是个很有手段的侦探，和街头的帮派交情也不错。这点钱，我知道，根本算不上什么，但也是我们这些老家伙一点点凑起来的。"

他好像有些激动，开始有些不规律地喘息："只是希望你能够帮助我们，查出这个可怕的'断骨魔'！我们毕竟也是这个城市的一分子啊！"

这时，他相貌堂堂的脸孔竟然激动得泛红。在我这颗小石头面前，这个男人居然因为感到自己的渺小和无助而自卑。我忍不住打断他，十分肯定地说道：

"没错，你们的确都是一分子。"

他或许是惊异于我语气的肯定性，瞪大了眼睛看我。我想，这也许才是他平日的正常表情吧。

"其实，我也只是因为父母在池袋开了一家水果店，所以才在这里住下的。"我也恢复了一贯的语气，继续说道："我们其实都是一样的，我没有什么优越的背景，也不算是富家子弟，只是浑浑噩噩地过一天算一天罢了。"

日之出町公园的胜新露出了匪夷所思的表情。

"听你的意思，你是准备接下这个案子了吗？"

我点了点头，站了起来，也挺了挺自己的腰杆，感觉它是这些日子以来挺得最直的一次。我的暑假结束了。在没有真相需要我追查的时候，我也就等于是半具行尸走肉。我记下了相貌堂堂的街友的电话，告别了午后的公园——无家街友们的住处。

*   * .   *

在返回西一番街的路上，我按下了崇仔手机号码的快捷键，习惯性地等着他的手下小弟先来接听。然后，崇仔的声音就像带有潮气的寒流一般笼罩在我的耳畔。

"阿诚吗？干吗？"

没有一句像样的问候。我好像已经习惯了这位池袋国王的规矩。

"我这儿多出一张 Live 演唱会的票，后天晚上的。"

"然后呢？"国王似乎很不耐烦。

"我们一起去怎么样？"

"我说阿诚，要是你只想告诉我这个，我可没空奉陪。我可不像你那么闲！有什么事儿直说吧？"

155

"你的急性子不能改改吗？本来就没几个朋友，小心都被吓跑。我只不过是先通知你一个比较轻松的消息，现在才是重要的事情。嗯。"我故意停顿了一下："有关街友攻击事件。"

崇仔的声音忽然变得像零下的气温一样锐利。

"说下去！"

我把胜新对我说的事情都告诉了他，尤其着重突出了那四起迷药断骨事件。

"好。我知道了。后天 Matrix 见！"

像电报一样简短的规划就这样嘎然而止。

*　　　　*　　　　*

池袋 Matrix，是一家位于东口丰岛公会堂附近的 Live House，属于视觉系的鼎盛之作。每次路过门口，总会看到大白天就排着长队的浓妆小鬼们，到处都是花掉整瓶发蜡做出来的刺猬头，紫、绿、橘、粉红……彩虹般艳烂耀眼的效果。

但当晚的顾客却全部放弃了平日的装扮，整个 Live House 里只有黑白两种色调。男人的衣服如中世纪教堂的修道服，而女人的服装则像是《爱丽丝梦游仙境》里的丧服。每个人顺着脸颊直到鼻翼的两侧都涂上了深灰色的阴影。

隼人加入的乐团名叫 Dead Saint，标榜哥特式风格。在这个充斥着麦当劳和迪士尼的21世纪，他们崇拜恶魔，希冀着破坏和死亡。但话虽如此，他们崇尚的可不是什么高深的哲学，那种高尚的乐团只存在于英国，从乐团并不高深的服饰装扮中就可以看出，他们不过是抄袭罢了。无论在哪个时代，小鬼们总是拼了命想跟别人如出一辙。

我穿着打折的时候买的 GAP，像异类一样点缀在这些面如土色、穿着黑白色调衣服的小鬼们中间。他们从我的身边经过，无一例外地都会斜着眼睛瞪住我，然后就像准备参加禁忌仪式一样，面无表情地被吸入通往地下的楼梯。

离开场只有十分钟的时候，一辆奔驰的 RV 休旅车终于出现在 Live House 门口。车门打开，池袋国王现身，一身带有冰河般透明感的浅蓝色外套及长裤。我虽然对自己的着装漠不关心，不过凭借着时装杂志专栏写作的灵敏度，轻易就研究出了国王身上穿的是 2001 年版的 Jill Stuart 秋冬装。无论在哪里，国王都是贵气逼人啊。

"等很久了吗？"

崇仔瞥了我一眼问道。RV 休旅车悄无声息地开走了。我摇了摇头，把门票递给他。

"走吧！"

于是国王和老百姓便也如参加禁忌仪式般并肩走下通往冥府的楼梯。

*　　　　　　*　　　　　　*

广播通知表演将推迟 20 分钟开始，这在 Matrix 是常有的事。我趁机把胜新告诉我的断骨事件简明扼要地传达给了崇仔。国王的眼神投向楼层里密密麻麻的小鬼们，浅浅一笑。

"听起来，这像是一个游戏。从脚开始，然后是腰、肋骨、肩膀，然后是锁骨和手臂。被折断的部位都是在依次向上移动。"

"嗯。我也注意到了。下一个受害人被折断的地方可能是脖子和头。这也未免太残忍了。"

高傲的国王却表现出若无其事的态度："如果能够使警方重视到这件事情，也许是个不错的途径。"

我有点动气：

"就算要牺牲一条人命，也算好事吗？"

国王看了我一眼。仿佛被枯枝划过脸颊一般的感觉。

"嗯。这也许就是你的优点吧。不过，就算'断骨魔'不再作案，三个月之后，西伯利亚的冷空气也会拿走几十条人命的。"

国王说得没错，这是没有任何反驳可能的事实。就像夏蝉永远捱不到秋天一样，寒冷的冬天对于东京的街友也像是一道难以逾越的鸿沟。我的态度不自觉变得强硬：

"我不能赞同你的看法。自然死亡和被人杀害是完全不同的性质，根本不能相提并论的。况且，那些露宿公园的街友和 G 少年的小鬼们有什么不同吗？大家都是一样的。虽然我们现在看起来很神气，但只要连续遇到倒霉的事情，迟早也会跟那些老人家一样无家可归的！看他们的情况，就可以预见未来的日本吧！"

这一次，崇仔毫不掩饰地放声大笑。

"哈哈。好吧。你就尽管把我的名字也加入候补街友名单好了。虽然我现在管着整个池袋的 G 少年，不过有的时候自己也会怀疑这是不是一场梦。没想到这场梦居然一直持续下去。连我自己都觉得不可思议。我说阿诚……"

157

崇仔难得收敛起他冷峻的语调，一脸正经地说：

"如果我真的成了西口公园的街友，你有空一定要来找我玩吧！咱们还可以叙叙旧呢。"

真是一个体恤民情的国王。现在我也好像更加明白，为什么那些浑浑噩噩的小鬼们会如此爱戴他。正当我无言以对的时候，崇仔又恢复了一贯的冷峻口气。

"我就不和你提报酬的事情了。你只需要去揪住'断骨魔'的狐狸尾巴，其他的事情，全部交给 G 少年就好了。"

我正要开口道谢，场内的灯光突然熄灭了，四周的空气仿佛凝固，但还是可以感受到那闷热而又浮躁的气氛。静谧的气息，涌动着一种无声的气流。在热气翻涌的黑暗里，我和一群小鬼一起听到了那个声音。

*　　　　　　　*　　　　　　　*

是的。就是那种声音。和海底鱼雷爆炸的声音非常相似。虽然模糊不清，却带有更加钢硬的特质。它有着低沉的气势而又异常的鲜明、尖锐，你甚至来不及去分辨其中的成分。声音仿佛不再依赖耳膜接收，在用身体来感受空气振动的瞬间，两耳中间就会清晰地浮现出声音的轮廓。那无与伦比的速度感，如箭一般，直接插入你的心喉。

舞台上堆成小山一样的 PA 专业音响喇叭里，那种声音一波波如同海啸一般席卷而来。而我们，只能仰视、闭目、屏息，选择接受。直到在切割成一块一块的乐音间响起低音大鼓和电吉他的熟悉音调，才总算让人安下心来。我屏住呼吸，看向身边的崇仔。崇仔扬起声调喊道：

"这到底是什么声音啊？"

我摇了摇头。回想着这股声音的力量，令人全身酥麻，就像酒精一样让人迷醉但又欲罢不能。随着节奏慢慢走向低缓，音量越拔越高，Matrix 里所有的照明设备和闪光灯在瞬间点亮，舞台的气氛立即进入白热化的狂潮。在明晃晃的黑暗中，一个全身垂挂着黑色羽毛的男人，伴随着腰肢的摇摆和臀部的扭动，高唱着出场。观众的欢呼声瞬间爆发。

主唱的歌声让我感受到了当晚第二次的冲击。难怪这个乐团会这么走红。

聆听吧。聆听这首我将心脏撕裂写成的歌曲吧！聆听这首鲜血之歌。鲜血之歌。鲜血。血！

骨瘦如柴的男人。虽然有着澄净的高亢嗓音，但却像用毛巾摩擦玻璃、用指甲刮过黑板一样，虽然在听到这声音的那一瞬间，我几乎无法忍受。但当那声音戛然而止，我却突然间变得坐立不安。我强烈地渴望能够再次感受到那声音的冲激，就像渴望能够被粗糙的沙粒摩挲神经一样。

我只是想再次去感受那种被穿刺的滋味。像被飓风吹倒的一片秋草，充斥在楼层中的小鬼们已经无法控制自己的肢体，疯狂地挥舞着自己的手臂。仿佛在等待着灵魂的救赎，仿佛想要分享他的鲜血。崇拜、激情、推崇、仰慕，都已经无法形容小鬼们对他的热忱。惟一可以肯定的是，他们会跟随着他的歌声，不顾一切地狂热追随，直到地狱深处。

吹笛人不只出现在汉默恩（Hameln），现在连池袋都有了他的足迹。

＊　　　　　　　＊　　　　　　　＊

冷静下来仔细聆听现场的演唱，很容易就可以发现鼓手的节拍不是很稳；隼人的伴奏虽然在竭力地表现自己，但在音感方面明显不足；主吉他手和贝斯手的演奏还算合格；至于拥有黑色羽毛的主唱则是令人咂舌的亮眼。

在编曲方面，开头的前奏，中间的音效以及整体的立体感，都相当杰出，令人感觉眼前一亮。一般的摇滚乐，如果在乐器与乐器之间出现了演奏空档，只会用轻轻的节奏带过。但这个乐团却在中间填充上了有着极度重量感的旋律，每一个音符都有完美的碰撞，每一种乐器都将自己音质特色发挥到了极致。背后想必有个天才的编曲者吧。

结束了长达70分钟的表演。我转过头去，看见崇仔脸颊上的血管清晰可见。国王也兴奋了。

"难得上街走走看来也不错嘛！没想到会遇到这么刺激的玩意儿。"

深有同感。

观众渐渐安静下来以后，我走向后台，准备向汉堡店的代理店长打个招呼，顺便给他介绍一下他仰慕已久的池袋国王。

＊　　　　　　　＊　　　　　　　＊

我和崇仔走进休息室。

"哟！阿诚，这位就是 G 少年的国王吗？久仰久仰！"

眼睛上涂满黑色眼影的隼人边说边伸出卷着脏兮兮绷带的右手。刚结束了 Live，他看上去还很激动。

"G 少年的头目，找我们有什么事？"

从休息室的深处传来一个人的声音。隼人赶紧介绍道：

"SIN，这位是我的朋友阿诚，然后这位是阿诚的好朋友，G 少年的国王崇仔。我想国王也许可以帮我们乐团做宣传，所以特地请他过来的。"

主唱的名字似乎是以英文写成的"SIN"，自从乐团狂热的气氛渐渐散去之后，很多乐团成员都会给自己取这种有名无姓的蠢外号。SIN 好像对我们没什么兴趣，听完隼人的介绍之后，只是在他那湿漉漉的额头上盖上一条黑色毛巾，就把头转到了另一个方向。我没有加入fans 团的意思，不过是来跟隼人打个招呼，所以对他的举动当然也不会介意。当然，摇滚歌手本来也没听说过有举止随和的。这个时候，又一个阴郁的声音从门口传了过来：

"SIN，走吧！"

该怎么形容呢？就像用力把铝箔纸捏成一团时发出的声音。和 SIN 的音质不同，但同样令人很不舒服的金属特质。我转过身，看到了这个站在门口的男人。腐叶色的土黄色连帽 T恤，由桔色和褐色随机组成的迷彩裤，还有一双红色的工作靴。因为头上戴着帽子，我看不清楚他的相貌，只看到下巴处细密的山羊胡。SIN 站了起来。隼人问：

"SIN，今天的 Live 检讨会怎么办？"

SIN 面无表情地从我的身边走了过去："你们自己开就好了。"

于是，"黑色羽毛"主唱便与"迷彩男"走了出去。乐团的鼓手对准 SIN 刚刚坐过的折叠椅，狠狠地踹了一脚。

"搞什么啊！一天到晚就知道跟须来混在一起。我们也是 Dead Saint 的成员啊！"

这个乐团的解散似乎是注定的事情。只有一名才华横溢的成员，其他的成员不过是默默无闻的陪衬。在这样不平衡的状态下，想坚持摇滚下去可不容易。

＊　　　　　＊　　　　　＊

秋天色彩的迷彩男名叫须来英臣，是一个技术手法相当高超的音效师兼编曲者，据说他独立负责着乐团的 CD 及 Live 音效。而作为主唱的 SIN，同时也是乐团歌曲的词曲编写者。这样一来，SIN 和须来就像是珠联璧合的默契小团体，让 Dead Saint 在池袋本地闯出一定的名号。

"哈。其实刚才的表演，就有一家很大牌的唱片工作派人来欣赏了，就坐在你们桌附近。说不定，明天春天我们就可以正式出道啦。阿诚，要不然我现在先给你签个名啊？"

还真是天真无邪的吉他手。不过在出道之前，还是先想办法减掉你这身肥肉吧。我跟隼人告别，和崇仔再次滑向楼梯口，回到了地面上。池袋还没有迎来深夜，吹来的风却已经带着些秋天的料峭。崇仔所说的西伯利亚寒流，对于日之出町公园的委托者来讲，可真是一场严苛的考验。

*　　　　　*　　　　　*

我和崇仔走在入夜的池袋街头，要去的地方是这条街上惟一一幢高达 60 层的摩天大厦——太阳城。胜新和街友们居住的日之出町公园，就座落在与这栋摩天大厦比邻而居的西友银行的拐角处，四周环绕着商业大楼和普通住户。在零星种植着低矮灌木的公园一角，零星散布着五、六间蓝色塑胶布搭成的房子，这就是街友们的"家"了。

简单地向胜新介绍过崇仔之后，我们很快就进入了正题。在日之出町公园遭到袭击的五个人当中，有两个人出席了我们的讨论。其中一个是小腿骨和膝盖骨被折断的第一名受害者，另一位是被折断左边两根肋骨的第三名受害人。其他三人还躺在医院里，其中第二名受害人，虽然已经治愈了龟裂性骨折的侧腰骨，但因为医院太舒服，怎么样也不愿再回到公园来。能填饱肚子的一日三餐，加上松软的床塌，甚至还有随时提供的止痛药给他甜美的睡眠。

第一个受害者只有四十来岁，戴着老式的黑框眼镜，给人一种标准上班族的感觉。除了晒得黝黑的皮肤之外，如果他拎着公文包去上班，看起来也一点不奇怪。男人表情淡然地叙述道：

"我平时都是在首都高池袋附近活动的。六月七号那天半夜，我在睡梦中突然被人攻击，一下子昏了过去。据说我是被一种叫（chloroform）三氯甲烷，又叫氯仿的药物给迷昏的。"

崇仔依然冷峻地说：

"你记得还真详细啊。"

"还好吧。因为警察给我录过口供，我想忘都忘不掉。"

黝黑的脸庞呈现出一副不胜其烦的表情，低头抚摸着曾经骨折的右膝。在这个男人的身边，摆着一根光滑的铝制拐杖，金属的冷调质感与夜晚的静谧并不协调。我问：

"三氯甲烷这种药名，你也是从警察那儿听说的吗？"

"是的。我醒过来的时候，已经快到凌晨五点了。我只是感觉膝盖肿得很大，简直要从裤子里顶出来，就好像裤子里面被硬塞进去了一只橄榄球。疼得很厉害，但也只能咬牙忍着，爬到离我最近的公用电话，打电话叫来了救护车。"

胜新手臂交叉在胸前，一言不发，无奈地摇了摇头。虽然穿的只是运动服，他的气势却仿佛是统领大军的一方诸侯。我继续提问：

"在被攻击之前，你有没有觉得曾经有人跟踪你或者是特别地关注你？"

戴黑框眼镜的男人只是摆了摆下巴。

"没有。我想应该是没有。我们平时就已经习惯了低调行事，如果被别人盯上绝对不是什么好事。"

这样默默无闻、静静度日的一群人，也是最容易被忽略的、隐藏在人群之中的人，他们究竟是怎么会被残忍的"断骨魔"选中作为攻击对象的呢？

"还有没有其他不寻常的事情？"

那男人急忙重重地点头。似乎对于这个问题已经等了好久。

"有件事情很奇怪，就是我在医院里脱掉运动裤的时候，发现小腿和脚踝处都涂了像泰国浴那种地方会用到的乳液。不过不像小姐们用的那么滑啦，感觉比较粘，像是已经成型的固体。连警察都不知道那是什么玩意。喂，大头，你当时也是吧？"

被称为大头的男人，就是被折断了两根肋骨的第三名受害者。九月的池袋，这位五十多岁的中年男子却穿着浅棕色的雨衣，甚至靠近脖子的地方都系得严严实实，白色的头发柔软地向后梳着。因为一直没有说话，我几乎忘记了他的存在。他只是笔直地站在那里，眼睛盯着脚尖，像是自言自语地说道：

"我和你的情况一样。可是我觉得那物质不像乳液，倒是像年轻人用来固定发型的发胶。从我的腋下直到肋骨周围，都涂满了这种物质。虽然当时因为太痛感觉不是很明确，不过我还是有一点大概的印象，依稀闻到淡淡的薄荷味道。"

我和胜新都面面相觑。这位街友说话的语气，简直像是在大学里讲课的教授。说完这些话之后，便从大衣口袋里拿出一本平装推理小说。书名是英文，封面上印着一只涂着红色指甲油的女人的手，正在接近一把银色的手枪。他拿着书，走到离我们有些距离的路灯下面，翻开书开始阅读。我压低了声音，问胜新：

"那位是何方神圣？"

胜新露出锐利的眼神，说道：

"我听说过关于他身世的各种版本。有人说他以前是外交部的官员，也有人说他是瑞士投资银行的融资专家。但没有人真正了解他的身份。我们看到他的时候，他基本上都是捧着那种外文书或者是写满了汉字的书在读。其实，如果你以为所有的流浪汉都一样，你就错了。公园就像是一个社会的缩影，什么样的人都有。"

世界上每个人都不相同。即使同样痛苦、穷困，那份痛苦和穷困也不可能同出一辙。

*　　　　　*　　　　　*

了解过大概情况后，我们就在胜新的蓝色塑胶部落开起了酒宴。崇仔在喝了一杯冰日本酒之后，就表示还要开会而离开了。我被独自留在了街友当中，不过这感觉可一点都不糟糕。

酒这种东西，在不同的环境中会有着不同的味道。坐在地下，痛快地让它滑进自己的喉咙，那种感觉总是有着一种独特的味道。什么流浪汉、外行侦探、专栏作家，这些头衔都不存在了。我们只顾扬着脖子、扯着嗓子唱歌，然后纯粹为了无聊的黄色笑话笑到流泪。有异味？呵呵。在这儿待上半个小时就根本感觉不到了。在将要入秋的公园，伴随着清晰的虫鸣，大口灌着杯中的烈酒，半夜三更站到秋千上肆意地悠荡，一边醒酒一边不忘对着夜空中的月亮大声问候。虽然一切看上去荒诞而又莫名其妙，但却有一种活在当下的感受。

最后，我们几个人并排倒在了日之出町公园的蓝色塑胶部落里。除了天亮之前感觉有点儿凉，我想我可以为这第一次的露宿生活打满分。

*　　　　　*　　　　　*

上午十点，我跟胜新打了声招呼，走出了第一次露宿的公园。还没有到开店的时间，我无所事事地晃到街上，走进了太阳城的 Alba 购物商场，也顺道去新星堂看一下唱片。径直

163

来到古典音乐的架子前，今年是威尔第逝世一百周年纪念日，关于他的唱片浩浩荡荡地摆了一整列。我拿起全新出炉的《法斯塔夫》（Falstaff），准备再去新浪潮音乐架那边看看。突然发现两张昨晚才认识的面孔就在前面。是隼人所在乐团的主唱 SIN 和编曲须来。须来还是一身秋天的迷彩男打扮，SIN 则换上了黑色仔裤和紧身白色 T 恤。摇滚歌手果然都要有一副精瘦的身板。

须来正拿着一张西藏喇嘛的诵经 CD，我向他们点头示意。

"昨天的 Live 太棒了！不过，开头那种奇特的声音到底是什么？"

SIN 没有任何表示，须来则有些邪邪地笑着说：

"你也对那个声音着了迷？"

"嗯。怎么说呢，倒是还没有到痴迷的程度。只是听的时候，心跳会加速，感觉非常震撼。"

我隐瞒了那种不舒服的感觉，须来说：

"声音都有各种不同的魅力。最难以忍受的就是那种不干脆、拖拖拉拉的声音。昨天现场的那种声音，就是我们把这个缺点摒弃掉，用全新的速度感挖掘出来的。怎么样，感觉很不错吧？"

SIN 拽了一下须来那连帽 T 恤的袖子，好像不想再聊下去了。须来微微瞪了他一眼。

"看你也是会听古典音乐的人，应该鉴赏力不错吧！那些小鬼们就只会听单调的类型，跟他们真的是没什么可聊的。其实，我们会制造出这样的声音，灵感是来自北海道地区的一场崩塌矿难。"

制作音效的灵感来自崩塌意外？我无法理解其中的关联。

"其实这中间的经过，也是我没有想象到的。灵感，来自于灾难，来自于瞬间。一个矿井的狭窄坑道里发生了小规模的崩塌，一个不太走运的年轻矿工，腰部以下的部位全部被石头埋了起来，虽然他捡回了一条命，但是下半辈子就只能在轮椅上度过了。那个年轻的矿工曾经这样说过……"

须来的声音嘎然而止。低矮的帽沿下，他的眼神混浊又飘忽不定。也许是在故意吊我的胃口，他沉默了几秒，歪起嘴角邪邪地一笑，把两手放到了两耳边，好像在轻轻地用手心摩擦耳朵。我只能屏住呼吸，耐心地等待他继续说下去：

"在他失去意识之前，他说他听到了如天国般的声音。一种比闪电还要快的声音一下子贯穿了他的全身，给了他无与伦比的快感。那个年轻的矿工认为，那是天国之门开启的声音。"

164

SIN 好像已经忍无可忍了，冲着须来喊道：

"够了！须来，快走吧！"

他一把抓住须来的手臂，硬生生把他拉出了唱片店。须来边笑边冲我挥手，在空旷的唱片店里，他的声音显得格外的响亮：

"那个声音很快就要完成啦！到时候，一定会令你大开眼界的！"

主唱为什么突然露出恐惧的眼神？须来的这个故事很有意思啊。

也许是因为前一晚的酒力还没有消，我当时完全没有意识到事情的严重性。真是白痴！我没有把"迷彩男"告诉我的故事放在心上，最后放弃了威尔第的 CD，买了一张华格纳，回到了西一番街。

＊　　　　　　＊　　　　　　＊

虽然是准备回老妈的水果店，我还是顺道先去了一趟 Vivid Burger。隼人还是一如往常，乖乖地待在那里做代理店长。独自从外县市来到东京，虽然前一天的 Live 已经让他筋疲力尽，但想要换来一天的休息恐怕也是不太可能的。

"两杯咖啡，一凉一热，帮我打包。"

我想靠冷热交替的刺激，让酒醉的脑袋彻底清醒过来。我对准备咖啡的隼人说：

"我刚遇到你们的主唱和音效师了。那个穿迷彩服的男人，还挺有趣的嘛！"

隼人的脸色突然一变。他没有抬头看我，直接把咖啡放到了我面前。

"哦？是吗？他说什么了，你觉得他有意思？"

"他说马上就要制造出一种让我大开眼界的声音了。不过我实在想不到会是怎样的声音。"

我把曾经问过须来的问题又抛给了服务生。当时，我一点也没有察觉到，我正在错过侦破案件的关键问题。可能是因为脑海里还残留着前一晚 Live 那令人震撼、灵异而又欲罢不能的声音。隼人完全无视我的问题，开始忙着招待别的顾客。

带着演员般的免费微笑，以及跟 SIN 一样的逃避、恐慌的眼神。

＊　　　　　　＊　　　　　　＊

终于回到老妈的水果店。借着空闲的时间，我把刚刚了解到的一些情况敲进了笔记本电脑，剩下的时间就只是发呆般凝望着同样呆板可人的水果们。我真希望能够有保罗·塞尚的神来之手，画下水果店沐浴在秋日阳光中的景象。光投射的影、影映衬的光，融合水果丰润的色泽。华格纳的序曲专辑。我重复播放着歌剧《帕西法尔》(Parsifal)中《受难日》的一段。这位十九世纪德国浪漫主义作曲家，也热衷于创作风靡一时的巨人族题材。我曾经在一本书中看到过这样一段话：

他的存在，其实只是作为一只耳朵。一只将那种伟大具像化的耳朵。

文章还说，在这只耳朵下面，垂挂着一个瘦弱、卑微，就像火柴般大小的人体。人类只不过是耳朵的点缀，是这种器官的附属品，人类已经根本不存在那高高在上的优势。只有那一只耳朵，掌握着全部的精神和心灵需要。想到这篇文章，我忽然联想到须来。也许他就是混迹人类之中的耳族，只为挖掘匪夷所思的声音，带来前所未有的震撼。

《受难日》的音乐既宁静又深邃，但我听进去的音符只有一半。因为须来所说的那种天国开启的声音，以及在 Live House 里听到的穿透神经般的声响，一直残留在我的耳膜里。

       *   *   *

下午，有位客人来订水果，飓风葡萄、白桃以及哈密瓜，一篮总共一万日元，差不多是店里最高级的水果组合，说是准备送给一位住院的制服酒店小姐。隼人就出现在我手忙脚乱地为水果篮绑彩带的时候。他站在水果店门前的人行道上喊我：

"打扰啦！阿诚，能不能跟你说点事儿？"

我只好先放下红白相间的双层彩带，向他走了过去。

"怎么了？我现在快忙死了。贵客呀，你怎么会来店里找我？"

他不知为什么一副心事重重的样子，从肩后的尼龙包里掏出一个塑料盒，递给我。

"能不能帮我保管一段时间？"

我接过塑料盒子，轻轻打开，发现里面装了一张时长 60 分钟的小型光碟，上面还印着须来工作室的标志和电话号码。

"这里面录的是什么？为什么要我帮你保管？"

隼人勉强挤出招牌式的演员笑容：

"是我们乐团的试唱Demo带,因为我们内部出现了一点小问题,所以我想把母带暂时放到别处,过几天我就会拿回去,你帮我收几天就行了。"

那是一片边长七公分的"正方形"MD。这么小的东西,想藏起来应该是很容易的。我虽然不了解隼人到底是什么意思,但看他一反常态的为难表情,我还是同意帮他保管,随手放在水果店里CD音响的上面。隼人像是完成艰巨任务似的说:

"真是不好意思。阿诚,万一我出了什么事,你就听听这张光碟吧。"

看他说话的感觉,就好像光碟里收录的是某个政治家或者明星的绯闻证据一样。我正想调侃他几句,一抬头,却发现隼人正一脸严肃地准备过马路。他的双肩绷紧,走路略微前倾,像是在强风中走路一样。

即便是这样,我还是没有发现事情有什么不对,转身折到水果店,继续呆呆地凝望水果。

还真不是一般的迟钝……

*   *   *

第二天早上,我在水果店开门之前习惯性地走进Vivid Burger。喝杯难喝的咖啡,跟隼人闲聊些没营养的内容,已经成为我每天必不可少的习惯了。可是熟悉的柜台后面,站着的却是穿着有明显烫熨痕迹衬衫的正式店长。

"一杯热咖啡。带走。怎么?今天隼人休息吗?"

年轻的正式店长娴熟地将咖啡打好包,放在柜台上面。

"他昨天和今天都没有来上班,也联系不到他。我还以为他是个做事挺认真的人,没想到玩乐团的人真的都不大适合这种踏实的工作。"他边说边把咖啡递给我:"您的咖啡好了,谢谢光临!"

我拿着咖啡走出汉堡店。隼人在Live之后的第二天早上还会坚持到店里来上班,现在竟然莫名其妙地旷工两天,这实在让我觉得不可思议。直到这个时候,我才突然想起他存放在我这里的MD。当时,我虽然还没有直接把街友攻击事件和隼人的失踪联系起来,但一种不祥的预感已经笼罩了我。

我把刚买的咖啡连包装一起扔进店门口的垃圾箱,奔跑着穿过上空布满乌鸦群的罗曼史大道。

　　我拉开铁卷门，走进光线昏暗的店里。空气里一股甜甜的馨香。店里的水果被夜晚酝酿得熟透了。我将铁卷门拉到膝盖位置，防止外面的人看见里面。薄薄的铁片间透进的光线，带出一条条斜斜飞舞在空中的灰尘光带。

　　我屏住呼吸，慢慢走到 CD 音响旁边，取出已经被遗忘了两天的 MD。

　　拿出小小的碟片，轻轻放进碟仓。大约过了半分钟，机器开始自动读取。这一系列在我看来缓慢的动作，都伴随着我剧烈的心跳。终于，好像一切都是意料之中，我听到了须来那金属般质感的喃喃自语：

　　"MC、MC，七月二十四日，池袋西口公园，今晚是一个干瘪的老头。"

　　我在脑子里迅速搜索着信息，七月二十四日。那是今年最热的一天，最高气温达到了38 度，几乎刷新了东京历年的气象纪录。也就是在这一天，知识分子流浪汉"大头"街友在一夜的露宿之后，发现自己的两根肋骨被折断了。我不知不觉更加贴近音箱。SIN 的声音显得遥远而又微弱。

　　"准备好了没有？快动手吧。一会儿来人了怎么办！"

　　即使是通过音箱，我都能感觉到须来兴奋的心情。

　　"好啦，好啦！就算是有些动静也没关系，没有人会在意这些人的。递给我那个锤子……不是那个铁的，是木头的，金属会破坏这么难得的现场收音。"

　　之后传来的就只有窸窸窣窣的衣服摩擦声，须来和 SIN 仿佛已经蒸发，感觉不到一点他们的动静。隐隐约约可以听到属于大自然的蝉鸣声。静寂之中的紧张感逐渐升高。我凝神细听，连呼吸都忘了。

　　"嗯哼！"

　　这是扬起双臂、腹肌收缩运动所造成的自然生理语气。紧接着，有一种声音响起，像一刹那的闪电，划过这昏暗的水果小店；那是一种像从远方轰鸣而至，但却一瞬间如惊雷般在你耳畔炸开，瞬间便被吸入耳膜、令人毛骨悚然的声音。

　　我仿佛被穿透了神经，一下子就从音箱边弹开。在 Dead Saint 的 Live 上，穿着僧服的小鬼们就是伴着这种声音不顾一切地呼喊、狂舞、着迷、疯狂！这是直接将麦克风贴在人体上，没有丝毫修饰地记录下的骨头被折断的声音。

继续浮现吧，脑海中的记忆。我想起须来说过最酷的声音就是最快的声音，以及不幸的矿工遇难时所听到的天国之门开启的声音。他曾不顾 SIN 的反对迫不及待地向我描述这种声音的伟大。

最快、最酷的声音必须借由坚硬的固体传输开来。须来选择了人类的骨头。天国之门开启的声音，就是让骨头折断的声音通过骨头本身纯粹地刺激听觉神经。因为不需要空气这种会让声音变得拖拉的介质，想必比人类耳朵所能够听到的任何声音都来得迅速。

须来的本意并不是为了引发暴力事件。他只是行走在尘世间的罕见的耳族一员罢了。也许他并不是生性残忍暴虐的人，只不过想追寻比任何人都更快、更酷的声音。而他，选择了流浪汉的骨头作为自己的乐器。

涂抹在被害人身上的凝胶，想来是为了阻止空气这种会使声音变得温吞的媒介，提高麦克风与"乐器"之间的紧密度和收音品质。仔细想想，医生在为胎儿进行超音波扫描时，确实也会使用到这样的凝胶。

须来，这只上帝的耳朵，以挖掘人类潜能为使命，顶礼膜拜着一种信仰，只为了创造这个世界上最快的声音。我几乎可以想象到，他把自己关在密闭的房间中，在自己身上安装麦克风，一整晚敲打自己的骨头、测试着各种凝胶收音效果的情形。

迷人的高音狂飙乱舞，眼看着快乐的演唱会时间就要到了。

我想我必须要快点行动了。排演的最后一个音符即将完成。我想起那天默默地低着头穿过马路的隼人心事重重的背影。

＊　　　　　＊　　　　　＊

我拨通了崇仔的手机，经过 G 少年转接程序，国王冷冽如冰霜的声音灌进我的耳朵：

"阿诚，你是不是找到线索了？"

敏锐的国王。我顺着他的话继续说下去。

"我已经知道'断骨魔'是谁了，你也认识的人。"

他的声音表现出明显的惊诧："难道是 G 少年的小鬼？"

"不是。你能不能赶紧到我店里来？"

"十五分钟！"

RV 休旅车准时停在水果店门前。两个手下守在铁卷门的两边，崇仔跟着我走进光线昏暗的店里。我把食指立在嘴唇前，打消了他提问的念头，再一次按下 MD 的播放键。

仿佛近在咫尺的骨头被折断的声音，透过不算高档的音箱雷电般地扩散开来。原来皱着眉头、专心聆听的国王突然间恍然大悟，展露出有所发现的兴奋感；

"原来如此，都是须来那家伙弄出来的！第一次在 Live 听到这种声音，我也一直在纳闷它来自哪里，现在我总算明白了。如果击出漂亮的一拳，的确会产生这种音阶很高的声音。"

可惜我并没有崇仔的技艺，对于他的比喻，我根本不能理解。国王露出了孩子般的笑容继续说道：

"不论你是用全身力气打出一记急速的重拳，还是像四两拨千斤一样打出一记缓缓的软拳，都没有办法达到那样的效果。只有当全身的每一块肌肉、每一个关节都极度放松，就像自信的老邮差准确无误地抛出信件一样，要完全把握其中的精髓，掌握对手的弱点，然后把拳头的冲击力完全集中在一个点上。同时，出拳的速度和回拳的速度要保持完全的一致，这样才不会出来像'噗哧'或者'空'那种钝钝的声音。但是，出拳手臂的肩膀部分，也会发出'劈啪'一声响，有点儿像是折断一支细细的玻璃棒的声音。哈。真想让你欣赏一下那种声音，会感觉非常爽快的。"

崇仔独自陷入了挥拳的想象状态中，不断模拟着当时的动作。我对这位国王的对手寄予无限同情，同时脊背上感觉凉意袭人。崇仔在发现了我的神情之后，依旧表现出无限的陶醉：

"只要那个声音一出现，对手就会在刹那间倒下去。好像你攻击的对象只是一座沙子城堡，对方根本就没有还手的能力。声音一响，人就倒下，就是这么简单，是不是很有趣？"

我吞下那句"我比较喜欢无趣的人生"，把写有地址的水果店收据递给他。崇仔立即招呼正在看门的小鬼，估计是准备通过 RV 休旅车的卫星导航功能，搜索出这个地址的具体位置。不管是声音还是拳头，全世界最快这种头衔对我来说都是没有意义的。

况且，这个世界上的人，有谁能够去承受如此快的速度呢？

*   *   *

接下来是一个忙碌的午后。坐落着真乘院、法明寺、观静院的宁静住宅区，成为 G 少年和街友自卫团的战略规划地。最终的布署目标，是这片住宅区内的一家小商店。

一楼的杂货铺已经歇业了，铁卷门上覆着一层厚厚的尘土。旁边的铁制楼梯上，钉着一块手写的招牌，红黄绿的鲜艳色泽，拼凑成"须来工作室"几个字。二楼窗户的内侧贴着黑纸，看不到屋里的情况。我只好悄悄地爬上楼梯，观察电表是不是在工作。疯狂转动的指针和空调外挂机不断吹出的热风，足以说明，屋里有人。

行动在天色暗下来之后开始。崇仔命令四个G少年蹲守在门口，三扇窗户下也分别安排两个人看守。最后，一名G少年戴上棒球帽，换上条纹长裤，抱着一个空的瓦楞纸箱，敲开了须来工作室的门。

"先生您好，您的宅急送。"

G少年的表演还算成功，须来工作室的铁门打开了。扮演快递员的小鬼使劲一拉门把，为他开门的SIN就被跟跟跄跄地拽到走廊上。四名已经埋伏好的突击队员迅速冲进工作室，我和崇仔也跟了进去。胜新在门口一把抓住SIN细细的手腕，折在背后。

穿过门厅后方的走廊，是一扇几乎连空气都无法渗透的大门，隔音效果应该足以让要求完美的须来创造出更加优质的声音。这间租来的房子已经进行了彻底的改造，就连墙的厚度都和一般的住家不一样。房间的四壁都有着轻微的凹陷或凸出，形成不规则的平面。屋子中间放着一张折叠桌，还有一张色彩艳丽、带扶手的折叠椅。隼人就被绑在这张椅子上。

桌子上摆放着各种样式的锤子。有金属的、木头的、塑胶的；有前端是圆形的、四角形的，还有尖的，形状都不相同。难道须来将这些锤子用在隼人身上？我瞥向须来的背影，还有他那一头凌乱的金发。我走到隼人身边，问道：

"隼人，你要不要紧？"

他那张本来就有些臃肿的脸，肿得像哈密瓜一样。一些地方的伤口开始发炎，甚至溃烂出脓，已经泛黑的瘀青随处可见。嘴角被撕裂了，眼睛中的神采仿佛也已经被抽走，无力而又空洞。两边眉梢的位置、靠近太阳穴的地方，用胶带粘着两个微型麦克风。开始融化的凝胶像是冰冻的眼泪，顺着他的脸颊滑了下来。也许在我们闯进之前，他的头盖骨正在被当作鼓来演奏。隼人气若游丝地说：

"阿诚吗？能给我口水喝吗？实在是没有办法，我根本阻止不了须来。"

说完，隼人松了口气，仿佛完成了一个心愿。由他像刀伤般的两脸间，落下一颗水珠。

*　　　　　*　　　　　*

录音室的隔壁，是一间类似玻璃屋的混音室。须来已经被两个人制服，倒在地上。刚才进行突击的四名队员，现在分别把守着录音室的四个角落。隔音门的另一侧则交给了其他G少年。崇仔、胜新和我站在录音室的正中央，隼人暂时还没有力气从椅子上站起来。虽然录音室的冷气开得很足，但一下子挤进太多人的录音室还是热得让人汗流浃背。胜新拿起差不多有成年人半臂长的木锤，掂了掂重量。

"你就用这东西弄断别人的骨头？真是个不可理喻的小鬼。"

崇仔眼神犀利地盯着须来，一字一顿地说道：

"告诉我原因。"

须来还是穿着桔色的迷彩服。像是一个被抢走玩具的无辜小孩，不服气地回嘴道：

"我就是做这行的！我的任务就是发掘这世界上最快、最棒、最能给人带来震撼的声音。那群流浪老头对这个世界本来就已经没有任何用处了，我又没有伤害到他们的性命，只是借他们的身体做个素材。你们也听过那种声音了，就凭一根流浪汉的骨头就能参与这么完美的音乐，也算是抬举他们了。"

胜新用木锤敲了敲自己的手掌，须来没有任何表情，倒是隼人一听到声音就条件反射般跳了出来。旁边的SIN一直低垂着头。崇仔问他：

"那你呢？"

"我……"

抬起那张干净、素白的脸颊，SIN无言以对。接着他抬起头来，目光投向须来。

"……事情的开端，是须来带来的一张剪报，记载的就是那场坑道塌陷事件。之后，须来就对那种'天国之门开启的声音'着了迷。我们的想法其实很简单，就是把这种音乐保存下来，让更多的人知道它。本来我们只是打算采集一次，一次而已。反正只要经过音效处理，我们就会令它产生各种不同的效果。但是，在Live里第一次使用这种声音之后，我们就改变了主意。"

无与伦比的速度。我想起小鬼们听到这种声音后表现出的疯狂状态。崇仔露出无奈而又略带复杂的表情，看了我一眼。SIN保持着高亢的情绪，继续说着：

"我的嗓音和这种声音融合在一起，简直就是完美！在场所有的人，我想也包括你们，都无法抑制般渴望着它。看见歌迷的反应，我跟须来就只能继续下去。传播这样的声音是我们与生俱来的使命啊！"

国王换了个姿势，双臂交叉在胸前，斜靠在玻璃屋。他叫来一名G少年，对他说了几句话，那个身穿黄色纯棉连身裤的小鬼听完，立刻跑了出去。崇仔的语调十分冷静：

"就因为这样，你们拿自己乐团的成员作实验乐器？"

SIN表现出一副无辜的表情：

"没办法呀。隼人威胁我们，说再不停手就会把这件事情说出去。这小子的吉他弹得也不怎样，我们完全可以找到其他人来代替他。"

国王冷冷一笑，我明显感觉到了其中令我不寒而栗的冷酷与诡异。须来和SIN完全不了解自己的处境。崇仔对胜新说：

"看来，你们提出的建议，对于眼前这两个疯狂的人，根本就没有用处。仅仅让他们感觉到生理上的疼痛，是很容易就会忘记的。我觉得，应该永远夺走那种他们引以为傲的、无法替代的东西。"

无法替代的东西？我一时无法理解这位国王的意思，胜新却点点头说道：

"我觉得你说的有道理，对付这样两个疯狂的小鬼，常规的形式根本无济于事，又不能干脆杀了他们。依我看，你应该对怎么处理这种小鬼更在行一些。"

接下来，我们一边等着刚才出去跑腿的G少年，一边整理进来之前须来录制的骨音。

*　　　　　　*　　　　　　*

大概十分钟以后，G少年拎着一个棕色的牛皮纸袋跑了回来。崇仔说了句"辛苦"，接过袋子，慢慢地把里面的东西拿出来，摆在须来和SIN面前的桌子上。那是一个绿色的塑胶瓶，瓶盖上贴着三百九十八日元的标签，是在任何一个超市都可以买到的、堆成小山一样的盐酸类水管清洁剂。G少年又从连身裤的口袋里掏出一样东西，泛着银色合金的光辉，似乎是个大型打孔机。

空气好像凝固了，清晰入耳的仿佛只有大家的呼吸声。之后，冻结的气氛被打破，空气中传来一种更令人寒颤的声音。崇仔冷静地开口道：

"我准备用这两样东西来惩罚你们。须来，你将失去你的耳朵。SIN，你将付出你的声音。"

须来和SIN脸上因恐惧而扭曲。崇仔不动声色地继续说道：

"须来，你自己在耳朵上各开五个洞，如果你觉得有必要，我也可以帮你安上麦克风。

SIN，你把这瓶清洁剂全部喝下去，如果你之后觉得不舒服，也可以再吐出来，但现在，你必须喝下去，一滴不剩！"

＊　　　　　＊　　　　　＊

在这间几乎完全与外界隔绝的密闭隔音室里，须来和 SIN 已经无法控制自己的呼吸，大口大口地喘着粗气，因恐惧而瞪大的双眼直勾勾地盯着桌子上那两样再平常不过的东西。我正准备为他们说情，窝在椅子上还不能站起来，仿佛已经熟睡的服务生有气无力地说道：

"请听我说，崇哥，大家们，我愿意向你们道歉、赔罪！但，请你们放过 SIN 吧。我愿意代他喝那瓶清洁剂。SIN 其实并不坏，他也只是被须来牵着走，才会这样做的。"

隼人的脸又青又肿。胜新瞪大了双眼，向他怒吼着：

"你是不是也被冲昏了头？你看看你自己，他们把你弄成了什么样！你看不清他们的真面目吗？"

瘫软在椅子上的隼人张开双唇，似乎是笑了。脸上已经结痂的伤疤又被绷开，渗出细密的血珠。

"乐团刚成立的时候，我其实很犹豫是不是该继续弹下去。从乡下到东京，已经六年的时间了，我也很烦，觉得也许应该找个正规的职业好好生活了。当时是 SIN 鼓励我，说我的吉他弹得还不错。其实，我也明白自己的水平……"

录音室再次陷入死寂的世界。隼人一脸痛苦的表情，想必说话牵动了唇边的伤口，但他硬撑着，继续说了下去：

"我知道，就算把头发染成金色，背着像模像样的吉他盒，然后装模作样地走在大街上，我也根本没办法成为一个职业吉他手。可是 SIN 不同，他的声音真的是万中选一，简直就是为歌唱而生的。这样的声音不是属于他一个人的。求你们了，放过他吧，让他用别的方法赎罪吧，这瓶清洁剂我愿意替他喝！"

隼人说完，便无声地流下了眼泪。SIN 一脸苍白，拼命地咬着嘴唇。刚才还在激昂怒吼的胜新居然眼眶泛红。这个爱哭的流浪汉首领啊！崇仔好像也稍稍缓和了情绪，周身的寒流渐渐散去。他微微扬起唇角。须来急切地开口道：

"这样不公平。如果你们决定减轻 SIN 的惩罚，我也应该受到同样的待遇！"

蠢人到了什么时候都是蠢。崇仔的声音顿时冻回雪白：

"须来，我本来只打算对付你的耳垂，但现在我改变主意了，你把那打洞的位置向上移到软骨部位。如果有怨言，我可以亲自动手，直接把你的耳朵割掉。不准说话，听懂的话，就给我点头！"

须来拼命摇晃他那蓄着山羊胡的下巴。国王转向 SIN，以难得的温柔口气说道：

"SIN，我交给你选择的权利，右臂或者左臂，你自己选吧。"

SIN 长长地喘了一口气，瘫在地上，今天的第一滴泪珠从眼角旁滑落。他缓缓抬起左臂，崇仔点点头，转过脸对我说：

"好吧。就这么办。阿诚，你看这样可以吧？啊？怎么？你在哭吗？"

哪有。只不过湿了眼眶而已。我的泪腺神经好像从 20 岁之后就开始这样不听使唤。我回答说：

"这样很好。不过如果须来能够主动向警方投案，就更好了。"

国王耸耸肩膀，表示不置可否，但还是对须来下了命令：

"我可以让你两边的耳朵软骨各少打三个洞。但你必须自己去警署自首，而且绝对不能牵扯到 SIN。要是你敢泄露一点口风，G 少年就会去找你，你的耳朵上也会出现更多的洞。G 少年会一直监视着你，一直！明白吗？"

＊　　　　　＊　　　　　＊

那天，离开隔音房之后，一切趋于平静。每个人的生活都在继续，痛苦的记忆虽然无法抹去，我想读者朋友们一定还是更关心他们的后续生活。

须来当晚带着仍然在流血的耳朵，来到位于池袋西口后方的警署。听说他还带上了隼人曾经让我保管的录音文件，作为犯罪证据。警方还是头一回遇到这种录下骨折声的怪异事件，虽然属于连续犯罪而且手段残忍，但看在他是初犯，而且主动自首，刑期并不是很长。离开监狱之后，他应该还会从事音乐方面的工作吧。毕竟，他那双耳朵的确是为音乐而生的。

日之出町公园的新叔，终于可以继续摆他的书摊了。每次我路过的时候，他都会直接把装满夏目漱石和江户川乱步作品的纸箱塞给我，并且表示都是特意为我准备的。而我，则会拎着熟透的雪梨，和他像古人一样物物交换。

即将入秋的东京依然无法摆脱残暑的折磨，街友攻击事件也还不断传出。流浪汉领统者胜新表示，自从G少年和街友自卫队联手巡逻以来，这个地区的攻击事件已经明显减少，但虽然少了"断骨魔"的威胁，血气方刚的青少年暴力举动却是谁也遏止不了的。

这就是现在的东京。

崇仔还是崇仔，依然是池袋G少年的国王。虽然有的时候会开玩笑地表示希望像我一样自在，但他当日在录音室里掌控全局的气势，我想是没有人可以代替的。

有时候，适当的冷酷与严峻，其实是我们生存下去必须具备的条件。

＊　　　　　　　＊　　　　　　　＊

接下来，我想大家是很关心他的，傻得可爱的吉他手和代理店长。

Dead Saint乐团没过多久就解散了。SIN被一家小有名气的唱片公司选中正式出道，俗人也回到汉堡店，像胜新大叔一样，他总是在我出现的时候，强迫推荐给我一些夹裹着海苔的汉堡和山药冰淇淋。这间店很快因为经营不善倒闭。从他们的菜单，完全感受不出任何对食物的热忱。

不用再去任职代理店长的隼人，又加入了一个追求硬性旋律的乐团。他们推崇的风格是将强烈的旋律感与摇滚因素结合起来。也许我是一个不懂得欣赏的人吧，实在是不觉得和之前的哥特式乐团有什么区别。将音乐门类分得太细，也是当今需要正视的一个问题。

隼人一直热衷于吸引新的主唱加入。每次，他都会毫无例外地搬出SIN的名字。

"怎么样，SIN就是在我的帮助下成为了职业歌手，可以出版只属于他自己的唱片，那是多少人梦寐以求的事情呀。考虑一下吧，要不要加入我们的乐团？"

——身为低收入且不稳定的服务业人员，而且随时面临被解雇的危险，曾经的代理店长还是本着自己的意愿，以他那单纯的头脑，在池袋过着优游自在的生活。若是有人一定要嘲笑他是社会的失败者，那就随他去吧。

虽然我对于隼人的吉他技艺实在不敢恭维，但想到那天在录音室里，他对SIN的拼命维护，我还是相当折服。那个当时脑袋肿得像哈密瓜一样的形象，我真是觉得太酷了。一种独特的伟岸感。我和隼人一样贫穷，几乎感觉不到自己的贫穷。因为我们至少还有一个原原本本的自己。

最后的最后，我们来谈一谈天生的歌手 SIN。

在这个秋末，他以一首如小学生般单纯的情歌单曲，连续两周登上排行榜的末位。我也曾经在电视中看到他的表演，已经没有了当时在 Live 上那种激情狂野的表达，也许是迫于公众人物的压力。但我想，或许也是因为经过的很多东西在他的心底沉淀了。SIN 紧接着的第二首单曲词曲都很糟糕，完全跟排行榜无缘。不过唱歌是他的理想，而且也有人愿意帮助他去实现。据说唱片公司准备再重新为他定位，不出意外，我们会在明年听到他的首张专辑。

SIN 应该算是我身边为数不多的成功者之一。不过我一直在想，我们的生活里也许已经没有真正的胜利者了。每周、每月都会产生新的冠军，在人海中浮沉。今天处在首位的人，下个星期，也许就已经被远远地抛在了后面。胜利，对每一个家公司而言、对每一个人而言，都是暂时的。那种短暂的成功与荣誉，很快就会随着时间的流逝慢慢消散。

更何况，执着于争夺那种连小孩子都能清楚分辨的输赢，又有什么意义呢?

在一个凉爽的黄昏，我提前关闭了水果店，一个人又来到了池袋西口公园。秋天是一个让人沉淀的季节，而我怀着这般尘埃落定的心情，坐到了公园的长椅上。眼前的水池，意义不明的雕像，以及伴随着这阵子吹起的冷风充斥整条街道的噪音。我抬起视线，在大楼和大楼的间隙间看到了湛蓝无垠的秋季天空。

所有这些美好事物，都是没有人可以夺走的，任你自由索取，不需要支付半毛钱。

♠A

如果不是在黑暗中，
如果不用穿过夜晚。

后记。

hansey

2007 年 10 月 28 日北京《爱丽丝》庆生会场的后台，交谈的内容本来是 MiMZii 新书的特色，以及听起来很不切实际的对创作的热忱和自我要求。当被问起内心深处最在意什么的时候，我不假思索的回应甚至出乎自己的意料之外——希望我的父母能够平安、健康——完全是无关话题的答案。

记者因此吃了一惊，觉得这句话和我的年龄不相符，我也因为突然想到父母有一点情绪失控，完全是不符场合的尴尬举动。

连自己都觉得有些可笑。

2008 年的 1 月 19 日，我从不慎说穿的姑妈那里知道，庆生会的那天，是我的父亲因车祸失血、昏迷入院的 20 天后。那时的父亲刚刚养好车祸所致的外伤，却因为被误用止血药而引发中风，仍然住在医院中治疗。

全家人都不曾想我提起这件事。

母亲说隐瞒，是为了不让我分心，她不愿意看到我放下关键时期的工作赶回北方。

他们觉得，这本《爱丽丝》是孩子的一番心血，比他们对孩子的想念更重。

在我满怀喜悦庆祝自己的努力终于有所回报的时候，我的父母，在遥远的北方，为他们的孩子默默地做出牺牲。独自面对强大到足以夺去生命的病痛。

我真的从来都没有想过，如果我的父母不能够与我分享喜悦，那么我所谓勇敢的抉择，所谓坚定的信念，所谓来之不易的成功，又还有什么意义。

肇事者当晚骑着摩托车撞倒父亲，当场弃车而去。好在父亲的同事也在旁边，及时将父亲送到医院。而母亲那时正坐在从上海回到北方的列车上，对这场意外一无所知。

这个在交通上疏于管理的北方城市，因为摩托车没有牌照，至今仍无法找出逃避责任的罪人。这便是我的故乡对生命不负责任的蔑视和践踏。

而我们对此无能为力。

2008 年 1 月 16 日，我在窗台上拍摄扉页上用剪纸拼搭的图案的时候，一只江鸥在我的窗前久久地徘徊着。我用相机拍下它，三天以后，我得知父亲的事。

2008 年 1 月 20 日，我回到故乡。

2008 年 2 月 3 日，父亲身体不适，说话突然出现障碍。医院 CT 的结果显示一切正常，医生说可能存在检查不到的血栓影响了身体的机能。建议父亲一周内每天注射药物。

2008 年 2 月 5 日，我和母亲去买烟花，在冻结湖面上拍下目录的那张照片。

2008 年 2 月 11 日，父亲通过磁共振检查查出脑内的两个血栓，继续注射治疗。他的身体出现了强烈的药物反应。彻夜难眠。

2008 年 2 月 14 日，《知更鸟》完成。

母亲的青春；父亲的健康体魄；幼年时全家在桔黄色灯光下的晚餐；坐在父亲肩上玩耍的记忆；童年；无忧无虑的生活……

这些脆弱的鸟有些已经消失，有些飞到我们暂时看不到或许再也看不到的地方。

在岁月流逝面前，你我都是如此无能，什么都无法挽回。

只得珍惜这短短的一生中，我们深爱的人。

♠A

ALICE 征稿启事 *变更

《ALICE》是 MiMZii 工作组 ^{Work Party [成员包括：hansey LALA 蔺瑶 晴天 不二]} 与北京世纪文景文化传播有限公司合作创办的青春图书系列。收录国内外优秀图文创作者的作品，倡导有品位的深度阅读，推崇想象力和创造力并举的图文创作。

逢单月出版 ^[每两个月出版一本]。欢迎国内图文创作者惠赐稿件。

文字类稿件 *

篇幅 3000 - 10000 字为宜，体裁、题材不限。我们将从稿件中选择优秀的作者邀约参与主题创作。一般情况下，非主题原创文章不会直接刊登。

图片类稿件

我们需要和有创造力的摄影师、设计师和插图师合作。在审核认定原有作品的基础上，将进一步与作者联系，有针对性地完成影像创作。请随电子邮件附件发送原有个人作品 20 张以内 ^[每张 300k 以下的小样]，确保能够充分体现您的创作水平及创作风格。

同时欢迎推荐国内优秀的摄影作者及插画作者的作品及联系方式。

主题类稿件

MiMZii 一般将在《ALICE》制作周期提前三个月在官方网站发布即将制作的主题及供参考的择稿倾向 ^[不代表最终主题只有这一类作品，也欢迎其他的风格和形式]。我们希望各界文化创作者能够发挥自己的想象力、个性、特长，用独特的方式诠释这一主题。

欢迎一切由主题出发创作的文字、摄影、绘画、图文作品。

要求其中文字作品三千字左右，摄影及绘画作品 7 张以上为宜。

2008 年 5 月主题 *：千阳 ^{主题截稿日期：2008 年 5 月 1 日}

注意事项：

投稿时请务必署明作者姓名、通讯地址、邮政编码、联系电话、电子邮箱等。

请勿一稿多投。

请作者自留底稿，稿件寄出三个月后，如未接到用稿通知，可另投他处。

我们将在图书上市起一个月内一次性支付稿件刊载于《Alice》图书及收录于 MiMZii.com 网站的报酬。

文字稿拟定人民币 90 元 / 千字至 120 元 / 千字，视作品质量定夺。

图片稿拟定为 500 元 / 套至 1000 元 / 套，视作品质量定夺。

以上标准如有变动以最终向作者确认金额为准。

如作者不同意将稿件用作网络、书面等任何形式的宣传内容，请在来稿时声明。

任何来稿如无特别声明，均视作授权 MiMZii 工作室将其使用于《Alice》系列图书。

投稿 Email 明细如下*：

文稿邮箱：TXT@MiMZii.com　DOC@MiMZii.com　*即日起接受主题文字投稿

主题图稿邮箱：ACE@MiMZii.com

其他图稿邮箱：PIC@MiMZii.com

特别提示*：

主题类文稿投递至 TXT 或 DOC 邮箱时请务必在邮件标题上注明［主题］

特别声明：

由于条件所限，暂时不接受电子邮件以外的投稿形式，如有变更将另行通知。

MIMZII 百科

Alice 4 A Thousand Splendid Suns

喀布尔[1]

米尔扎·穆罕默德·阿里·赛依伯[2]

李继宏 译

美丽的喀布尔啊，群山绕四旁

她那丛生的荆棘，玫瑰也嫉妒若狂[3]

大风吹起她的微尘，刺痛我的双眼

但我热爱她，因这微尘诞生过阿舒翰与阿热凡[4]

我称颂她那明艳的郁金香

我为她葱郁的林木而歌唱

从巴斯坦桥流下来的河水是多么清冽！

但愿安拉保佑这美景免受俗眼的污染！

---

[1]
资料为一首十七世纪波斯诗人Saib-e-Tabrizi描写喀布尔的诗歌。原诗为波斯文，译者以Josephine Davis和无名氏的两种英文译本为底本译出。两首英文译诗有个别费解字句，译者另参考波斯文原诗酌改。为了加深读者理解，译者参考了Nancy Hatch Dupree的An Historical Guide to Kabul，为诗句添加了注释。
[2]
米尔扎·穆罕默德·阿里·赛依伯（1601-1677），著名诗人，出生于大不里士，也称大不里士的赛依伯。1626年应莫卧儿帝国国王沙贾汗之召，前往印度当他的宫廷诗人。此诗为诗人1627年归途路过喀布尔所作。
[3]
当时的波斯诗人喜欢把美丽女孩的睫毛比喻成能够刺穿爱人的心的荆棘，赛依伯在这里使用了这个意象。
[4]
阿舒翰（Ashukhan）和阿热凡（Arefan）是喀布尔的两个圣人，分别代表爱人和智慧。

基尔兹[5]选择了经过喀布尔走向天堂

让他更接近上苍的，是她的峰峦

一条护城的神龙，在她巍峨的城墙上

每一块城砖的贵重，胜过价值连城的宝藏

喀布尔每条街道都令人目不转睛

埃及来的商旅穿行过座座市场

人们数不清她的屋顶上有多少轮皎洁的明月

也数不清她的墙壁之后那一千个灿烂的太阳[6]

清晨，她的笑声如同花儿一般欢快

夜晚，她的漆黑好比秀发似的乌亮

她那些动人的夜莺唱着美妙的曲调

如焚烧的树叶，它们唱得热烈而悠扬

而我，我在贾哈娜拉和莎尔芭拉[7]的花园咏叹

连天堂的杜巴树[8]也妒忌它们的郁郁苍苍

---

[5]
基尔兹，传说中的伊斯兰教先知。
[6]
诗人用太阳来比喻美丽的喀布尔妇女。
[7]
贾哈娜拉和沙尔巴拉都是莫卧儿帝国国王沙贾汗的女儿。
[8]
传说中天堂才有的极其美丽的树。

图书在版编目（ＣＩＰ）数据

知更鸟 / hansey 主编 . 一上海：上海人民出版社，2008
（爱丽丝）
ISBN　978-7-208-07709-6

Ⅰ . 知… Ⅱ . h… Ⅲ . 短篇小说—作品集—中国—当代
Ⅳ . Ⅰ 247.7

中国版本图书馆 CIP 数据核字（2008）第 012927 号

| 出品人　施宏俊 | 责任编辑　李　兮 |
| 策　划　朱旗 | 装帧设计　hansey |

世纪文景

知更鸟
hansey　主编

出　版	世纪出版集团　上海 人民出版社
	（200001　上海福建中路 193 号　www.ewen.cc）
出　品	世纪出版集团　北京世纪文景文化传播有限公司
	（100027　北京朝阳区幸福一村甲 55 号 4 层）
发　行	世纪出版集团发行中心
印　刷	北京华联印刷有限公司
开　本	710 × 990 毫米　1/16
印　张	12
字　数	248.000
版　次	2008 年 3 月第 1 版
印　次	2008 年 3 月第 1 次印刷
ＩＳＢＮ	978-7-208-07709-6 / Ⅰ. 515
定　价	20.00 元

MiMZii Work Party

Alice . 3 . Who Killed Cock Robin

Commissioning Editor & Art Director / hansey
Editor & Proofreader / 蔺瑶　不二　晴天
Picture Researcher & Designer / hansey　LALA

Website / www.MiMZii.com
欢迎登陆官方论坛发表建议、评论并参与投票。

douban 此时此刻，谁在和你读同一本书？
http://book.douban.com

360圈　年轻时尚社区　Alice网络合作伙伴
http://www.360quan.com